エアスイミング

Airswimming

シャーロット・ジョーンズ［著］
Charlotte Jones
小川公代［訳］
Kimiyo Ogawa

幻戯書房

エアスイミング

A i r s w i m m i n g

AIRSWIMMING
by
Charlotte Jones

目次

装幀　小沼宏之
編集　中村健太郎

エアスイミング

◉登場人物

ドーラ／ドルフ…………女性、多少暗い口調で話す、コミカル。

ペルセポネー／ポルフ………女性、多少明るい口調で話す、コミカル。

二人の登場人物の演じ方の可能性は複数ある。女性二人とも物語の中で五十歳年を取るが、これまで伝統的には二十代の女優に演じられてきた。それは劇の冒頭部分でのドーラとペルセポネーの年齢と同じである。しかし、七十代の女優に演じられてもよいだろう。実際のところ、どの年代の女優に演じられてはいけないという理由はないように思う。キャストを四人に増やして、登場人物が二重にならないようにしてもいいという考え方もある。

第一幕

照明がつく。

収容施設の中。殺風景で、酷《きび》しい環境。まるで風呂やプールのようなタイル張り。ブリキ製の風呂。階段、もしくは梯子《はしご》がある。箱が一つ。

後方の壁に、聖ディンプナの絵がかかっている。

ドーラは口笛を吹きながら、精力的に磨き掃除をしている。布を手にした**ペルセポネー**が登場。当惑した様子。

ドーラ　塹壕《ざんごう》みたいなんだ。
ペルセポネー　塹壕？
ドーラ　そう、塹壕の中にいるみたいってこと。
ペルセポネー　なんのこと？
ドーラ　ここ。塹壕の中にいるみたいだって。ここが。
ペルセポネー　はあ。
ドーラ　あんたが新入り？
ペルセポネー　え？　わからないけど、まあそう。
ドーラ　肘の方はどうなの？
ペルセポネー　なんておっしゃった？
ドーラ　肘だよ。
ペルセポネー　調子いいですけど。
ドーラ　そう。ここでは強い肘が必要なの。綺麗にカーブした踵《かかと》とか上品な手首と白鳥みたいな首は要らない。とにかく頑丈な肘があれば生き残れる。
ペルセポネー　なるほど。

ドーラ　力を入れてやらなきゃってこと。
ペルセポネー　はあ、そうなのね。
ドーラ　風呂。あんたは風呂担当。はい、すぐにやって。急いで。
ペルセポネー　あの。
ドーラ　ほら急いでってば。思い切って手を伸ばして拭くの。四時までに床と階段と風呂をおわらせなきゃいけないんだから。問題は、ここじゃちゃんとした訓練なんてないってこと。私の部隊だったらありえない話だけどね。いい加減な仕事は困るからね。
ペルセポネー　ちょっと待って、何？　こんなのやったことないし、どうやってやるのかわからないわ。
ドーラ　そんなこと関係ないんだよ。
ペルセポネー　(床に崩れ落ちそうになって)私すごく疲れてる。(間)
ドーラ　カタリナ・デ・フランジパニ。知ってる？
ペルセポネー　いいえ。
ドーラ　まあ、そうだろうね。一六五七年、カタリナは修道女になるための修行を受けてた。涙にくれるマグダラのマリアの最初の教えに従って。実際に誓いを立てる前夜、カタリナは女子修道会を脱走したんだよ。六メートルの壁をよじ登ってね。ちなみに彼女は一三〇センチほどの背丈だった。山のような壁を登りきって逃げて、軍に入隊したよ。南アメリカ中でスペイン人と戦った。カタリナは、まあどうしようもないベソかきマリアだったけど、誰もが恐れる兵士になったよ。

ペルセポネー 何の話をしてるの？

ドーラ 毎晩二十七分の睡眠で生き延びたんだ。九十歳までね。

ペルセポネー すごい。

ドーラ つまり、疲れたなんて理由にならない。

ペルセポネー 確かにそうね。

ペルセポネー掃除を始める。動きを止める。

ペルセポネー 私、自分がどこにいるか全然わからない。それになぜここにいるのかも。

ドーラ 説明されなかった？

ペルセポネー ええ？　誰からも何も聞いてないもの。

ドーラ　了解。じゃ、それは私の役目ってわけだ。君は晴れて、聖ディンプナ族の仲間入りとなる。

ペルセポネー　なんですって？

ドーラ　新入り。新入生だな。もっとも、軍隊の。だが、長い道のりに備えなくてはならない。

ペルセポネー　気が変になりそう。

ドーラ　触法精神障害者のための聖ディンプナっていうのは、あれ。

（壁の絵に注意を向けさせながら）

私は、ドーラ・キットソン。私たちは現在日課の磨き掃除の任務に就いている。西暦は、もし間違っていたら訂正するように――とはいえ、私が間違うことは決してないが――一九二四年。よし、間違いないな。私は一九二二年からここにいる。そう、七月二十四日、ちょうどアメリカ独立記念日にここに配属になった、愉快なことに。ほらね、私はまだ皮肉で笑うことができるんだ。しばらくは私があんたの上官になるけど心配無用。私は自分の地位を利用するような人間じゃない。毎日磨き掃除の任務を一時間。残りの時間はふらふらしてるか気が触れたみたいにしていればいい。ここではそうしとくと気に入られる。私たちが話せるのは、人手が二人要るこの任務のときだけだ。その間は大抵好きにさせてくれる。前の子は弱すぎて、あれ以上もたなかったね。あの子はほとんど何もできなかったからね。聞こえないし、喋れない。ここだけの話、あの子はほとんど何もできなかったから、いい子だったんだが。まあ仕方ないといえば仕方ないか。私だったらすぐに恩情休暇をやって送り返したんだがね。もうちょっと頭の働く人がほしいんだ。ここじゃ逃げ場がない運命だから。欠陥の一つや二つある人間をあいつらは好む。あんたは全部機能してる？――えっと、名前なんて言ったっけ。ま、問題なさそうに見えるけど。といっても、そんなの見た目だけじゃ判断つかないよね。大概は目がおかしい人間が多いんだ。ただ、話し相手っていうか、ほら戦略を練ったりする相手が誰もいなくなったら、気がおかしくなるだろう。私はそこまで追い込まれた。信じないだろうが、それ本当。だから、むしろ私はあんたに一縷の望みをかけてる。えっと、名前はなんて言ったっけ。あんたが少しはマシな頭で、話し上手なのを期待してる。この収容所を少しは明るくしてくれるといいね。ほら、こうやってずっと待ってるんだ。いつ戦闘開始になるかわからないからね。でもあんたは大丈夫そうだ。いい兵隊になれる、だって少なくとも話せるしね、前の子と違って――話せるよね。

ペルセポネー　これは何かの間違いなの。
ドーラ　ああ。美しいソプラノのさえずりだね。
ペルセポネー　それも、相当ひどい間違いなの。
ドーラ　そうだろうね。いつだって間違いだらけだ。なのに、その間違いが訂正されることはない。
ペルセポネー　パパに連絡しないと。
ドーラ　残念だけど、壁の外とは接触できないんだよ。あんたが来てくれてとびっきり嬉しいね。二年もあんたを待ってたんだ。
ペルセポネー　あなたわかってないのよ。パパに伝言を伝えなきゃいけないの。何があっても。この責任者と話さなきゃ。そういう人たちを呼んでほしいの。
ドーラ　そんなことしてもいいことないよ。つまんないことで騒がない方がいい。私自身が試してだめだったんだから。ちっくしょう。あんときは裁判沙汰になるとこだったよ、この私がだよ。
ペルセポネー　あなた私のいうことちゃんと聞いてないわ。ねえお願い、パパと話さなきゃならないの。手を貸してくださらない？

ドーラ　わかったから、落ち着いて。はい、深呼吸とかして。誰があんたをここに連れてきたの？

ペルセポネー　ええと。パパだけど……。

ドーラ　あんたの父親がここに連れてきた。

ペルセポネー　えっとね、パパがドクターを呼んだの。私はただ家にいた。子供部屋にね。色々とやることもあったし。そこに、このドクターがやってきて。とっても、とっても意地悪な人でね。私が答えられないような質問を数え切れないくらいしてくるの。私はそれに答えられなかった。もう質問攻めに辟易したわ。パパは私のことあんまり頭良くないって。答えようとしたんだけど、全然答えられなかった。そしたら二人が私を押さえつけたの、わかる？　すごく動揺した。質問されてる間じゅうずっとなのよ。私だって抵抗しようとしたわ。それはするでしょ。そしたらパパが私のこと魔女だって言ったの。私のこと魔女って呼んだの。そのあと私をここに連れて来て。パパは療養のためだって言った。全部あっという間に起こったことなのよね。

ドーラ　常に気を張って行動しないといけないって学習したわけだ。

ペルセポネー　まあ、でも。ここにいるのはほんの短い間のことだから。私体調を崩していたの。

養生するためだって、パパはそう言った。

ドーラ そうそう。そうこなくっちゃ。〔磨き掃除について〕さあ、ここまでやったんだから終わらせよう。

ペルセポネー ごめんなさい。

ドーラ わかってる。大丈夫だから。試練を乗り越える道は見えてくるよ。最初はそう思えないかもしれないけどね。でも、きっと見つかる。

ペルセポネー ここにはほんの短い間しかいないの。ただ何が起こってるのかよくわからなかっただけ……。元気にさえなれば。ただ元気にさえなれたらいいんだから。

ドーラ その通り。ちょいと水を汲んできてくれない？　角を曲がったら右にあるから。

ペルセポネー もちろんだわ。気づかなくてごめんなさい。

ペルセポネー、退場。第一幕が終わる。

突如として全く新しい現実にいる。照明が変わる。これまでよりも明るくて厳しい雰囲気が緩和される。

ペルセポネーが再登場するが、彼女はドリス・デイの悪趣味なウィッグを被った**ポルフ**である。

第二幕

ポルフ　ドルフ、ドルフ。ああ、どうしよう。お願い、なんとかして。ねえ、ドルフ。
ドルフ　ポルフ、落ち着いて、何があったの？　さあ、ゆっくり深呼吸して。
ポルフ　ああドルフ。こんな怖かったことなんてないわ。あのがっしりとした卑劣な男がきたの。ほら、あのヒゲが大きくて真っ黒な。それからいかにも嘘っぽい感じで笑うやつよ。不自然なくらい歯の白い男。
ドルフ　またそんなこと言ってるの、ポルフ。
ポルフ　そりゃそうよ。だってとっても怖かったんだもの。その男が質問攻めをしてきてね。私は全然答えられないの。だから追っかけられて。その男ね、あっちにもこっちにも、それから向こうにでしょ、その下まで追っかけてくるのよ。

ドルフ そう。わかった。どんな質問？　さあ、聞いてあげるから、言ってごらん。その男はどんな質問をあんたに聞いてきたの？
ポルフ わからないわ。記憶がはっきりしないの。
ドルフ わかるはずよ、さあポルフ。
ポルフ 覚えてないの。とても答えられない質問ばかりだったわ。
ドルフ どんな？
ポルフ わからないの。
ドルフ もうこれ以上聞いてあげないよ、ポルフ。
ポルフ 待って、ドルフ。とっても難しい質問なの。一番難しい種類のスポーツとかレジャーの質問よ。
ドルフ スポーツとかレジャーの質問？
ポルフ そう。
ドルフ そりゃ、新しいね。たとえば？
ポルフ たとえば、「一九五〇年代にベティー・ウィルソンがトップ記事を飾ったスポーツの種目は何？」とか。とっても難しい質問でしょう、ドルフ、特に女の子にとってみれば。

ドルフ そうだね。

ポルフ それで、そいつが私を追っかけてきたの。

ドルフ クリケット。

ポルフ なんて？

ドルフ ベティ・ウィルソンはクリケット選手だった。本格派の速球投手。ワンバウンドして投げるバウンサーで有名だった。

ポルフ わかった。

ドルフ 正解だった？

ポルフ わからないわ。

ドルフ 私は合ってると思うな。

ポルフ ともかく、私が言いたいのは、そいつにあちこち追いかけ回されて、私はもう叫ぶしかなかったってこと。それで、ほんと不思議なんだけどね、ドルフ。私の口からは声が出てこないの。それからね、そいつが私を木に縛りつけてね。もう息ができなかったわ。誰にも私の声が届かないの。ドルフ、私の声聞こえなかったでしょう。

ドルフ　聞こえなかったよ、ポルフ。
ポルフ　だから私はそのまま死んじゃうんだって思ったの。もう半狂乱になって泣き叫んで。髪をかきむしったわ。
ドルフ　あんた縛られてたんじゃなかった？
ポルフ　そうよ……そう、でもなんとか髪に手が届いたの。その時は髪がちょっとだけ長かったから。
ドルフ　それからどうなったの？
ポルフ　なんとか自由になった。
ドルフ　そりゃラッキーだ。
ポルフ　ええ、でもすっかり疲れ果ててしまって。

沈黙

ドルフ　男なんていなかったんでしょ、ポルフ。
ポルフ　いなかったわ、ドルフ。

ドルフ　それで、その男は存在しなかったし、質問もされなかった。たとえその男が質問してきたとしても、あんたはそれに答えられたはず。質問も簡単だったんだよ、きっと。その男はあんたを追いかけたり木に縛り付けたりしなかった。なぜって、男が存在しないのと、このあたりじゃ木がないからね。その男はロープだって持ってないし、叫んで助けを求める必要もなかった。もし叫んでいたんならあんたの声が聞こえただろうし、なんといってもあんたの喉は正常だから。私の聴覚もずば抜けていいしね。ヒゲがあったかなかったか知らないがとにかくそんな男なんていやしない。あんたは今朝ずっと私とここにいて、いかなる危険にも晒されていなかった。いいね、ポルフ。

ポルフ　そうね、ドルフ。その点についてはっきりしてよかったわ。

ドルフ　よかった。

ポルフ　でもね、ドルフ、もし私がものすごく危険な目にあっていたとしたらどうする？

ドルフ　あんたの戯言《たわごと》に付き合うのはもうごめんだよ。

ポルフ　だけど、もし私が事故にあっていつまでも植物状態でいたとしたら？

ドルフ　それはなんていうか、判断つかないよ、ポルフ。

ポルフ ドルフ！　どうするの、もし私が荒れ狂った野獣の群れに襲われて、清潔なショーツをはいていなくって、それで、どれだけ踠《もが》いても沼地に飲み込まれてしまって、生まれつき善良なのに、キリスト教徒に改宗させられて、ライクラ生地のものを無理やり着せられて、精魂尽き果てて、そうこうしてるうちに、皮膚が崩れ始めて、自分の家がどこかわからなくなったらどうするの？

ドルフ あんたってほんとひどい心配性だね、ポルフ。最悪の事態が起こるとは限らないんだよ。自分をいじめ抜くのはおやめ。あんたはここに私といて、それ以外のどんな事も、どんな人間も関係ない。

ポルフ ありがとう、ドルフ。あなたはいつも辛い時に助けてくれるのね。あなたがそういう人だって思わなかったけど、間違ってたわ。

ドルフ よかったよ。

ポルフ 気づいてた？　着けてみたんだけど。

ドルフ 何を？

ポルフ 新品のドリス・デイのウィッグよ。

ドルフ そう言われてみれば、ね。

ポルフ　ねえ知ってる？
ドルフ　何を？
ポルフ　そろそろ新品のドリス・デイのウィッグを付けて歌を歌う時間だと思うの。
ドルフ　私は本を読むよ、ポルフ。
ポルフ　静かな曲だから。子守唄。ジェイムズ・スチュワートと共演した『知りすぎた男』でドリスが歌ってミリオンセラーになった曲よ。準備はいい、ドルフ？

ケセラセラの「なるようにしかならないってこと」から最初の八行を歌う。

ポルフ、ため息をつく。

こんな美しい歌があるかしら、ドルフ。

ドルフ　声の美しさでいったらあんたにかなう者はいないね、ポルフ。
ポルフ　そしてとっても深いと思わない？　不思議ね、この曲って心が安らぐの。ちょっと落ちこんだときとかね。あと、元気がない時も「ケセラセラ」って自分に言い聞かせると、正真正銘すっかり気分がよくなるの。

ドルフ　ドリス・デイは真実をありのまま伝えたと思わないか、ポルフ。少なくともそういう伝え方をしてる。

ポルフ　そういってくれてありがとう、ドルフ。何を読んでるの？

ドルフ　呪文の本。

ポルフ　ウィッカ・ドルフの姉妹ってどんな感じなのかしら。

ドルフ　なんだって？

ポルフ　わかるでしょ。「魔」のつく言葉……(こっそり囁く)魔女。

ドルフ　そうだな、ポルフ。人生は山あり谷ありだ。誰からも指図されずに率先して生きるんだ。オフィスに閉じこもってばかりじゃいけない。とはいっても、安定とは無縁の生き方だ。長期年金の計画なんてないし、それにね、隣人に村の池に突き落とされるとか、火あぶりの刑に処せられるとかいうリスクはつきものだ。

ポルフ　そうね、それはあるわね。人ってどうしてそんな酷《ひど》いこと他の人にできるのかしら。

ドルフ　魔女ってのは邪悪なんだ、ポルフ。破壊的だし。男の局部を切り落として朝食に食べたりするからね。性的に逸脱してる。

ポルフ　でもあなたはそうじゃないわよね、ドルフ。だってそんな狂気に浮かされたことないものね。

ドルフ　私は魔女じゃないからね、ポルフ。

ポルフ　でもあなた……。

ドルフ　私がいったのは、ときどき魔女みたいな気持ちになるってだけ。魔女になるのとは全然違うんだ、ポルフ。人を信用しなくなっただけ。二人の間で話すことは他人に一切口外しない方がいい。

ポルフ　ドリスもすっかり人を信じられなくなったって知ってた？　だからドリス・デイ・ペット財団を設立したんだわ。残りの人生を動物に捧げるんだって。

ドルフ　ドリス・デイって人はまさしく聖女だね。そう思わないか、ポルフ？　人類のためにドリスがしてきたことがじきに認められるといいね。

ポルフ　その日はすぐにやってくるわ、ドルフ。

ドルフ　よかった。就寝の時間だ。お祈りを忘れないように。

ポルフ　神よ、願わくは、ドリス・デイとドリス・デイ・ペット財団に栄えあらんことを。文学かなにかのノーベル賞をドリスに与えたまえ。願わくは、ポルフとドルフに永久の安寧と健やかなる共同生活を持続させ給え。アーメン。

ドルフ　いい子だ。さあ、寝な。私はちょとした片付けがある。

照明変える。

第三幕

ドーラと**ペルセポネー**は掃除をしているが、**ペルセポネー**は心ここにあらず、である。

ドーラ　おはよう。想像してごらん。洗濯当番だったらもっと大変だよ。

ペルセポネーは**ドーラ**を無視する。

そうだね。ここの洗濯のシステムは、まあすごいったら。（間）狂乱女が洗濯して、愚鈍女がそれを運んで乾燥させて、うつ病の女がアイロンをかけ、偏執狂の女がそれを折りたたんで、仕舞うんだから。そりゃ、悪夢にもうなされるはずさ。そう。それが現実。気が狂っていたって十分な睡眠は必要だしね。どう思う？

ペルセポネー あなたってなに？

ドーラ どうしたんだい？

ペルセポネー あなたはなぜここにいるの？

ドーラ じゃ、あんたはどうしてここにいるのさ？

沈黙

いつだって最初は大変さ。そんなことわかってる。だけど、目標を定めなきゃならない。ジャンヌダルクみたいにね。監禁されても彼女はなんともなかった。男のように、堂々としてた。それに、修道服を着ることを拒んだ。髪は短く切ってね。やつらはジャンヌを無頼の徒だって思っただろうね。私はいつだってそうありたいね。無法者に幸あれ！

ペルセポネー　あなたは狂ってるの？
ドーラ　なんだって？
ペルセポネー　触法的精神異常者。きっとそうね。だってそう見えるもの。
ドーラ　そんなことあるわけない。そりゃけしからんね。触法的精神異常、その考えが！　むろん、単なるスペイン製の葉巻好きを精神異常とみなさないならば、だが。
ペルセポネー　なんですって？
ドーラ　やつらの目を私に向けさせたのがそれだったからさ。私の逸脱行為にね。私はたまに葉巻を吸うのが楽しみだった。吸うべきじゃなかった。かっこつけるためにやってたんじゃないよ。しかし、葉巻が触法的精神異常かどうか考えてごらん。全く関係ないだろ。どう思う？　えっとミス……。
ペルセポネー　何がですって？
ドーラ　葉巻のたしなみさ。
ペルセポネー　私に言わせれば、どう考えてもにおいが酷いわ。あんなもの吸いたいだなんて頭がおかしいわ。
ドーラ　ああ、女の典型だな。この世にはあんたがこれっぽっちも知らない楽しみってものがあるんだ。

ペルセポネー　あら、私は知らなくっていいもの。人生がすべて楽しいことばかりのはずはないし。

ドーラ　確かにあんたは正しいよ、ミス、えっと、なんだっけ……。さてと、ラテン語ではなんといったかな。あんたは知らない間に、この施設のちょっとしたモットーを言いあてたね。ラテン語で「ウィータム・シネ・プレジューレ(Vitam sine pleasure)」とかなんとか。快楽のない人生。我々聖ディンプナ族はその教えに則って生活している。だからといって自己憐憫に浸ってるってわけじゃ、全くない。これってただ座って磨き掃除をする人間には好都合な教え。あんたはここにぴったりってわけさ、えっとミス……。

ペルセポネー　私はここに長くはいないもの。

ドーラ　あっそう。

ペルセポネー　いいえ、数日で出て行くわ。みんなが私を迎えにきてくれるもの。だから、私に期待しすぎないでね、無駄よ。すぐにでもあなたを置いて出て行くの。

ドーラ　それは残念だ。

ペルセポネー　でしょう。申し訳ないけど、仕方ないわ。ほんとにいつ社交界デビューしてもおかしくないの。そのときは国王の前でね。両親がドーチェスターホテルで盛大なパーティを準備してくれているわ。白いサテンの生地で着飾るの、頭からつま先までね。そんなパーティに出ないなんて考えられないわ。人生で一番大事な日になるから。結婚式をのぞいて、だけどね。だから行かなくちゃ。それまではここでじっと待っていなくちゃいけないの。強くならなきゃ。ここはただ快復するための住まい――ジュネーヴとかスイスのどこかだったらもっとよかったけど。両親はどうしてここを選んだのかしら。そういえば、私たちの一家は理由なんて考えない、ただなるようにしかならないって、ママがいっつも言ってたわ。

ドーラ 今もそう言ってる？

ペルセポネー そうよ。そう、私がある帽子をほしがったの。とっても大きくてふわふわっとしたピンクのお花が表面いっぱいに敷き詰めてあってね、世界一美しい帽子だって思ったの。まあ思い返してみるとちょっと品がないかな、とも思うけど。でもその時は、あの帽子が幸せにしてくれるって思ったの、でもパパがだめだって言って、それでとっても悲しくなって泣き続けたわ。そうしたらママが「ペルセポネー・ベイカー、うちの一家は理屈は考えないの。ただ、なるようにしかならないのよ」っていうの。あの帽子を手にいれた方が、もちろん、よかったって思うけど、そのときはママの言葉が妙に気を落ち着かせてくれたのね。実際振り返ってみると、慰めにも何にもならなくって。たとえ一度も被らなかったとしてもやっぱりあの帽子は買ってもらうべきだったわ。レジーには、こう言ったの――(**ドーラ**を見て)――まあ大したことないわって。帽子は手に入らなかったけれど、今はきれいな帽子なんて持ち込めないようなところにいるわけだし、かえってよかったかもしれない。あ、でもここを出る時には要るわね。それまでじっと待ってる。だからってわたしがずっとここにいるって勘違いしないでね。だってずっといるわけじゃないんだから。ママとパパがすぐに迎えに来るわ。今週末だわね、きっと。遅くても二週間後。(声が次第に小さくなる)

間

ドーラ　ペルセポネー・ベイカー

ペルセポネー　なあに?

ドーラ　あんたの名前。
ペルセポネー　それが何か?
ドーラ　いや、別に。知らなかったんだ。あんた言わなかっただろ。お近づきになれて光栄です、ミス・ベイカー。
ペルセポネー　ええ、まあ。それもほんの短い間ですけどね。
ドーラ　まったくその通り。だったら、さっさと掃除をはじめよう。さあ、さあ、早く。あんたが連れ戻されっちまう前にさ。
ペルセポネー　そうね、早くしましょ。
ドーラ　黄泉の国に連れ去られるペルセポネーとおんなじ。ハデスがまたやって来て、あんたを向こうの世界につれてっちまう前に。
ペルセポネー　今なんて言ったの?
ドーラ　ギリシア神話だよ。まあそれはいいから、早く始めないと。
ペルセポネー　そうね。
ドーラ　ところで、ミス・ベイカー、あんたいい声してるね。私の耳には音楽のように心地いい。

ペルセポネー あら、そうなの。お礼を言うわ。

ドーラ ああ。いつだって歌いたくなったら歌っていいんだよ。

第四幕

ポルフ、箱のところに行って、ウィッグを取り出して被る。
ドルフ、本を取り出して読み出す。

ポルフ　（「ラブ・ラブ・エブリボディ」から五行歌う）

ドルフ　ねえ、太陽のように明るい愛少女ポリアンナちゃん、ほら見て、私は本を読もうとしてるんだ。[01]　見たらわかるよね。

ポルフ　あなたいつも読書してるわ。

ドルフ　そう。だから静かにして。

ポルフ　何を読んでるの？

ドルフ　あんたには面白くないよ。

ポルフ　きっと面白いわ。本は好きだし、私、趣味とか関心事の範囲もかなり広いのよ。

ドルフ　穿頭術[▼02]。

ポルフ　なんて言ったの？

ドルフ　穿頭術《せんとうじゅつ》についての本。

ポルフ　それ素敵ね。

ドルフ　まあね。

ポルフ　で、それはなあに？

ドルフ　穿頭術？

ポルフ　そう。

ドルフ　頭蓋骨のことここのあたりに小さい穴を開ける手術。

ポルフ　どうしてそんなことするの？

ドルフ　もっと幸せになれるように。

ポルフ　もっと幸せに？

ドルフ　そう。

ポルフ　それは確かなの？

ドルフ　確かだ。

ポルフ　全然楽しそうじゃないわ。

ドルフ　あんたがする必要はないんだよ。

ポルフ　ドルフ、あなたまた惨めな気分になっちゃったの？

ドルフ　私が惨めになる理由なんて全くないよ。

ポルフ　あなたを助けられたらいいのに。

ドルフ　私のそばにいなくてもいいんだよ。いついなくなってもいいんだし。

ポルフ　シッ、静かに、ドルフ。ボブ・ホープがドリスについて言ったこと知ってるでしょ。彼女は舞台の上を歩くだけで見ている人をワクワクさせる素晴らしい力を持っていたの。

ドルフ　ドリスがここにいたらよかったのにね、ポルフ。

ポルフ　そう。でもね、このウィッグの力で私は限りなくドリスに近づけるの。さあ、私にもできるかしら。見てて。

ポルフ、舞台をはけて、ドリス風に歩いて戻ってくる。

ドルフ ドルフ、気分はよくなって？

ポルフ 不思議なことがあるもんだ、ポルフ。

ドルフ こうして舞台の上を歩くだけで、あなたの気持ちをワクワクさせるすごい力があったでしょう？

ポルフ 確かにその力はあるよ、ポルフ。

ドルフ もう一回やって見せましょうか？

ポルフ いや、十分満足したからいい。

ドルフ ならもう気分はよくなったのね。

ポルフ 影響力大だよ。

ドルフ ほんの一瞬だけど、ドリスの魂が乗り移ったように思うわ。ドルフ、今だって彼女の存在を感じられるの。あなたは？

ポルフ ポルフ、あんたのそばにいるとドリス・デイのことが頭から離れないよ。目をつむるとドリスがそこにいて、耳をふさいでもその声が聞こえる。四十年も昔にほん数本の映画に出ていただけの女優の姿が、寝ているときだってつきまとうんだ。

ポルフ　あなた幸運に恵まれてるわ、ドルフ。ドリスがあなたの守護天使みたいね。あなた、とっても恵まれてるわ。

ドルフ　なるようにしかならないってね。

ポルフ　さあ、その本を片付けましょう。私だって、ドリスだって、あなたが穿尿術で頭を悩ますのをみたくないわ。▼03

ドルフ　それだと〈尿瓶〉に穴をあけるって意味みたいじゃないか。穿〈頭〉術だってば。

ポルフ　そう、そう。頭に穴をあけるやつよね。そんなの聞いたことないわ。それより、あなたにサプライズがあるの。

箱の中からプレゼントを取り出す。

はい。

ドルフ　なに？

ポルフ　開けてみて。

ドルフ　これってもしかして私が想像してるもの？　そんな、気を遣わなくてもいいのに、ポルフ。
ポルフ　だから開けてってば。

ドルフ、開ける

ドルフ　これなに？
ポルフ　あのムーリネックスの泡立て器。
ドルフ　これでどうしろって？
ポルフ　これ電池で動くのよ。
ドルフ　で？
ポルフ　ものすごく労力が節約できる道具なのよ。
ドルフ　悪魔の道具じゃないか。
ポルフ　もうドルフったら。これがあれば色んなことができるわ。
ドルフ　たとえば？

ポルフ　ボウルの中でかき回して、泡だてたり。シュシュって、材料をね。ウィーンって音を立てて回すの。ボウルの中で。
ドルフ　こんなの要らない。私がケーキなんて焼かないって、知ってるじゃない。前にも私は一切焼かないってはっきり言ったじゃないか。悪いけど、これ返品してきて。
ポルフ　でもこれあなたへのプレゼントなのよ。私は気に入ってる。ムーリネックス製だし。返さなくていいでしょう。
ドルフ　ああ、いいよ。
ポルフ　猫も飼っていい？
ドルフ　ポルフ、言ったはずだよ。泡立て器はいい。でも猫は絶対にダメ。
ポルフ　わかったわ。
ドルフ　ふくれっ面をしない。さあ、寝る時間だよ。
ポルフ　ドルフ、気分は良くなった？
ドルフ　なった。ありがとう。
ポルフ　みんながあなたのことどう言っているか気になってるんじゃない？　違う？
ドルフ　全然。頼むから。もう疲れた。

ポルフ　歌っていい？
ドルフ　そうしたいならね。
ポルフ　ドリスでいい？
ドルフ　そりゃ、いいさ。あんたはいつだってドリスじゃないか。
ポルフ　何がいいかしら。そうだ。

「誰かを幸せにしてあげよう」から7行歌う

ドルフ　素敵だよ、ポルフ。
ポルフ　ドルフィーちゃん、眠るのよ。

ポルフはまだ歌いながら泡立て器を手にとる。困ったような顔をする。

ドルフ、寝た？
ドルフ　ああ、寝たよ。

ポルフ　今すぐあなたに聞かなきゃならないことがあるの。
ドルフ　なに？
ポルフ　ドリス・デイって処女だったのかしら。
ドルフ　なんだって？
ポルフ　いいのよ。本当のことを言っても。
ドルフ　初めは違ったんだけど、あとで処女になったんだ。
ポルフ　私みたいに。
ドルフ　そう、ポルフ、あんたみたいに。
ポルフ　それならよかったわ。おやすみなさい、ドルフ。

ポルフすぐに寝るために横になる。**ドルフ**、困惑したような顔。

ドルフ　おやすみ。

第五幕

ドーラ　バスルームがいい？　それとも、階段？
ペルセポネー　私がそんなこと気にすると思っているの？
ドーラ　なら、私は階段にするよ。

沈黙

誰も迎えに来てくれなかったんだね。

沈黙

ときに、ミス・ベイカー、そろそろこの場所に慣れてきたかい？　快適この上ないって思うだろう。まあ、ドーチェスター・ホテルってわけには行かないけど。ここにくるゲストはかなり長居する。私が思うに、仲間意識ってのが大事。他の人には会った？　ここは(軍隊の)兵舎みたいなところだから、みんなして助け合わないと。上官への不遜な態度ってのは、決まって注意されるけどね。でも楽しくやってる、ほんと。ダンスパーティの話もあるんだ。社交界にデヴューする盛大なお披露目パーティ。誰も出れないんだけど、社交界にはね。外に出るっていうより、中にいるって感じ。まあそれでも楽しく過ごす術《すべ》ってのはある。たとえば、アグネスは最高だね。彼女に会ったことある？　蛇みたいに狂ってて、雄羊みたいに積極的——歯は一本だし、禿げてる。▼04 まあ、猟犬としてはいいかもね。ちっちゃいテリアー犬。そう、とにかくワイルドなのもいるし、ただの子供ってのもいる。何かの障害があるのばっかり。社会の隅々から集められてきたって感じ。ここじゃ気取ったりしないでいいんだ。うまく順応できるかね、ミス・ベイカー。

ペルセポネー　私、精神薄弱者なの。

ドーラ　なんだって？

ペルセポネー　私のカルテにはそう書いてあったわ。ドクターに診てもらうことになってね。一人になった時にこっそり読んだの。そしたら、精神薄弱者だって。それってどういう意味だかわかる？　レジーならきっと知ってるわ。私の家族が迎えにくることってないわね、きっと。精神薄弱の私にだってそれくらいわかるもの。

ドーラ　それは気の毒に。

ペルセポネー　ほんとはそう思ってないでしょ。とにかく仕事しなきゃね。いつもお風呂の担当だから階段がしたいわ。

ドーラ　ご自由にどうぞ。

ペルセポネー　そう。それから、今ここではっきりさせてもらうわね、私あなたのことほんとは好きじゃないの。礼儀がなってないし、おしゃべりが過ぎるわね。女にしか見えないのに、男だって思ってるみたいだし。あなた、私の大叔母のマーサに似てるわ。小さいころ彼女に会いに行くのが嫌だった。なんでって、犬みたいに吠えるし、匂いもね。男にも捨てられたけど、当然ね。誰も彼女のこと好きじゃなかったわ。彼女ならこの場所にすっかり馴染んだでしょうね。とにかく、ミス・キットソン、私たちが同じところに押し込められるなんて、運命ってほんと残酷ね。でも、レジーなら、気をしっかり持って耐えるんだぞって言ったでしょうね。だから、私は我慢するわ。

ドーラ　レジーって誰？

ペルセポネー　あなたには関係ないでしょ。

沈黙

ドーラ　なぜか、みんな私にはいい印象を持たないみたいだ。この前のろうあ者の子だってそう。何か言うわけでもないのに、時々私に向かって唾を吐いてたからね。そう。だからあんたの大叔母のマーサだっけ？　ハンナ・スネル[▼05]を思い出すね。一七四五年に男に捨てられたんだよ。私ね、年号に関しては驚異的な記憶力なんだ、気づいた？　とにかく、そのままうじうじ気を病んだりせずに、イギリス海軍に入ったんだ。彼女も優れた兵士だったよ。一七八四年のポンディチェリでの海軍の接近戦で十二箇所もの傷を負ったんだ。性別がバレないように、鼠蹊部《そけいぶ》から自分で弾丸を取り出したってよ。すごいよね。マーサおばさんもそう言うタイプなんじゃない。もちろん、鼠蹊部のとこじゃなくて、海軍のとこだけどね。

ペルセポネー そんなのどうでもいいわ。

間

ドーラ お互い好意を持つ必要なんて全然ない。

ペルセポネー その通りね。

ドーラ とはいっても、そうなればもっといい。私にはあんたに関わってもらいたい計画がある。

ペルセポネー (渋々)なあに。

ドーラ 自分の「胸」――ならぬ「帽子」――にだけしまっとかなきゃならないよ。

ペルセポネー 「帽子」なんて持ってないわ。

ドーラ そりゃそうだ。聞きたいだろ？

ペルセポネー どうしてもって言うなら。

ドーラ　（自信満々に）作戦のコード名は、Ｇ－Ｏ－Ｄ。

ペルセポネー　ゴッド？

ドーラ　ディンプナから脱出《Get Out of Dymphna》するんだ。決行日は、今日明日にでも。

ペルセポネー　いいわね。

ドーラ　決行時間は、午後四時だ。

ペルセポネー　軽く晩御飯を食べた後にしてもらえないかしら。▼06

ドーラ　作戦における短期的および長期的目標。ディンプナを脱出すること。

ペルセポネー　ああ、なんてこと、あなた脱走の話をしているのね。いったいどうやって脱走なんてできるっていうの？

ドーラ　それはまだ検討中だ。なにせ、物資の調達とか補給とかの問題があって。二人で知恵を絞った方がいいと思ったんだ。

ペルセポネー　ミス・キットソン、現実的に考えてね。ここから抜け出す前に死んじゃうわよ。たとえ、ここから出られたとしても、いったい誰が私たちの面倒を見てくれるっていうの？　家族もない。お金もない。だから希望なんて持てない。

沈黙

ドーラ こういうときにこそ、ユディトの勇敢さを思い出すね。せめてきた司令官をたらし込んで、ベロベロに酔わせて首をかっ切ってピクニックの籠の中にその頭を入れた。▼07

ペルセポネー ちょっと待って。余計に頭が混乱するわ。

ドーラ あんたの役に立ちたいんだ。

ペルセポネー そんなの無理だわ。誰だって無理よ。ただ耐えるしかないわ。なるようにしかならないもの。そうよ、(掃除の)一時間ずっと黙ってる方がいいと思わない?

沈黙

ドーラ イライラさせたなら、悪かったよ。

中断

ペルセポネー　あなたのせいじゃないわ。

ペルセポネーは聖ディンプナの絵を拭きに行く。

彼女に責任があるのね。

ドーラ　なんだって？　ああ、尊敬すべきディンプナのことか。

ペルセポネー　彼女って誰なの？

ドーラ　一〇三四年生まれのとびっきりの美女。残念ながら、彼女の父親もそう思ったんだ。そいつは何度も娘を犯して、しまいに産まれた赤ん坊まで殺した。娘は食事を取るのを拒んで死んだけどね。その彼女が我々の守護聖人ってわけだ。精神薄弱者たちのね。

ペルセポネー　どうして人間はそんな恐ろしいことをするのかしら。

ドーラ　ディンプナなんて名前。最初からツキに見放されてたっていう人もいる。

ペルセポネー　変わった名前よね。

ドーラ　末恐ろしい名前だよ。ディンプナ。精神崩壊者たちの守護聖人になる以外の何者にもなれない名前だね。

ペルセポネー それなら、すぐにでもなんとかしてもらわないとね。だって、私、精神崩壊者だもの。私、ものすごく災難にあってるんだから。

第六幕

ポルフ　ドリス。おはよう。

ドルフは読書をしている。

「先生のペット」から三行歌う。

ドルフ　厄介な問題を起こそうって気じゃないだろうね。（**ポルフ**、「先生のペット」からさらに三行歌う）

ドルフ　わかってんだから。

ポルフ　ねえ、あとで一緒に泳ぎに行かない、ドルフ？（さらにまた「先生のペット」から三行歌う）
ドルフ　行かない。
ポルフ　どうして、ドルフ！
ドルフ　行かないってば。
ポルフ　私泳ぐの好きなんだけどな。
ドルフ　ここにいた方がいいって言ったよね。どっちみちバスタブが汚い。イボができるよ。
ポルフ　イボって好き。
ドルフ　あのね！
ポルフ　なら猫飼ってもいいかしら？
ドルフ　わかった。あとで泳ぎに行こう。
ポルフ　ほんとね？
ドルフ　いいよ。ただし、違う種類の泳ぎだからね。危なくないやつ。
ポルフ　ときどき人生が退屈すぎて気分が沈んじゃうの。
ドルフ　ひとつ物語でもどうだい？

ポルフ　いいわね！
ドルフ　よし、いい娘《こ》だ。じゃあ、ペルセポネーの話ってのはどう？
ポルフ　ペルセポネー。
ドルフ　そうだ。ペルセポネーは彼女の母親のデメテルと一緒に暮らしてた。
ポルフ　デメテル。
ドルフ　それから、彼女の二人の妹、アルテミスと――
ポルフ　アルテミス
ドルフ　そして、アテネ――
ポルフ　アテネ。
ドルフ　そう。でもポルフ、名前全部繰り返さなくていいんだ。
ポルフ　わかったわ。
ドルフ　ペルセポネーはとても美しくて、髪なんて金の糸みたいなんだ。母親と姉妹で幸せに暮らしていた。
ポルフ　私たちみたいに？
ドルフ　そう、私たちみたいに、ポルフ。ところがある日――。

ポルフ　やだ！
ドルフ　どうしたんだ。
ポルフ　なんか悪いこと起こるんでしょう。
ドルフ　男がやってきた。名前はハデス。
ポルフ　醜くて色黒でトルコ人みたいに毛深い男が来たのね。
ドルフ　まあ、そうだ、ポルフ。誰が話をしてるんだっけ。
ポルフ　ごめんなさい、ドルフ。
ドルフ　金の糸のような美しい髪をしたペルセポネーを一目見て、ハデスは彼女が欲しいと思った。それまで何かをそれほど強く欲しいと思ったことがないほどに、ね。
ポルフ　私が猫を欲しがるくらいかしら。
ドルフ　ポルフ！
ポルフ　ごめんなさい、ドルフ。
ドルフ　それで、彼は彼女をさらって行ったんだ。冥界に連れて行ったんだ。デメテルは娘を心から愛していたもんで、正気を失った。
ポルフ　私も正気を失ったことあるわ。

ドルフ　デメテルはあまりに娘を取り戻したかったんだ。たったひとつ持ち合わせていた力を使うことにした。
ポルフ　局部を切り落としたのね。
ドルフ　いや、違う。農作物を枯れさせたんだ。夏を冬に変えた。
ポルフ　それならあなたにもできるわね、ドルフ。それで、その毛深い男はどうしたの？
ドルフ　ハデスとデメテルは取引することにしたんだ。彼女を共有することにした。デメテルは夏の間、ハデスは冬の間、ペルセポネーと一緒に過ごすことができるって算段だ。
ポルフ　(呆れて)ペルセポネーはなんて言ったのかしら。
ドルフ　その物語には彼女がなんて言ったかなんて書いてないんだよ、ポルフ。
ポルフ　彼女言葉を話せなかったのかしら。
ドルフ　いや、美しい声の持ち主だったと思うよ。
ポルフ　ならどうして二人を止めなかったの？
ドルフ　デメテルもハデスも彼女の言うことを聞かなかったんじゃないかな。
ポルフ　正直その哀れなペルセポネーのことを思うと心が凍りつくわ。とっても可哀想だもの。
ドルフ　そうだね。

ポルフ　その可哀想な女の子を助けてあげなきゃ。
ドルフ　心配しなくてもいいんだ。
ポルフ　だって。
ドルフ　だから大丈夫だって。映画版ではペルセポネーを演じているのがドリス・デイなんだから。
ポルフ　（安堵して）なるほどね。あのどこにでもいそうな可愛いイメージとか自然に器量がいい感じとか素晴らしい歌声で、人気を獲得したのね。
ドルフ　その通り。
ポルフ　それを聞いて安心したわ。ドリスが大好きだから。ねえ、ドルフ、そうでしょ。
ドルフ　彼女は幸せな人の幸せなイメージを作り上げたんだ、ポルフ。
ポルフ　それで、泣くときは、おかしな泣き方をしたわ。ドルフ、それってどうすればできるのかしら。
ドルフ　ドリスだけが知っている。
ポルフ　もし私が泣いている時にみんなが笑ったりなんかしたら嫌だと思うわ。
ドルフ　まあね、ドリス・デイがメジャーな映画会社の作品に起用されて、あんたがただのポルフでしかないのは、そういうことさ。

ポルフ　そうかもね、ドルフ。

ドルフ　スイミングのレッスンに行こうか。

ポルフ　どこで泳ぐの、ドルフ？

ドルフ　空気の中で泳ぐんだ、ポルフ。

ポルフ　ねえドルフ、知ってる？　あなたといるとまるでカラミティ・ジェインになった気分よ。

ドルフ　それっていいの？

ポルフ　(ドリス・デイのモノマネをして)もちろん、もちろんよ。シカゴで最高に素敵な時間を過ごしてるわ。ワイルド・ビル・ヒッチコックよりずっといいもの。

ドルフ　よーし、じゃ行くよ。ゴーグルをつけて。

ゴーグルや水泳帽子、それから箱の鼻クリップを見つけた。二人とも装着する。

ポルフ、そのウィッグはとった方がいいよ。

ポルフ　いやよ、ドルフ。ほら見て、水泳帽子をもう被ってるの。
ドルフ　用意はいい、ポルフ？
ポルフ　さあ、始めましょう。
ドルフ　オッケー

音楽　ドリス・デイの「フライ・ミー・トゥー・ザ・ムーン」

行くよ！

二人は手を繋いでシンクロナイズドスイミングのように泳ぐ。

一通り泳ぎ終わると、全部片付けて聖ディンプナの現実の世界に戻って行く。

第七幕

ペルセポネー　階段。
ドーラ　風呂。

間

ペルセポネー　ねえ、ミス・キットソン、ときどきね、私ね、映画の中にいるような気がするの。当然私がヒロインなんだけれど。
ドーラ　そりゃ、当然。
ペルセポネー　それで極悪非道な男がやってくるのね。どんなやつかわかるでしょ——目がいかれていて、真っ黒いヒゲを生やしてる。私を街灯か、もっといいのは、線路に縛り付けるの。そこに電車が近づいてくる。もちろん私は完全にパニックに陥っていて、全存在をかけて叫んでるの。

ドーラ まあ叫ぶことに関してはあんたの右に出る者はいないだろうね。

ペルセポネー まあね。それで、髪も服も乱れてるんだけど、私は美しいままなの。それに、とっても不安ではあるんだけど、頭の片隅ではきっと誰か助けに来てくれることも知ってる。

ドーラ あんたのヒーローだ。

ペルセポネー 正解。私のヒーロー。もちろんその人は最後の最後の瞬間まで現れないの。だって、早く来すぎても物語が台無しになっちゃうから。希望がすっかりなくなっていて、私が絶対絶命に立たされているとき。

ドーラ そりゃ、そうだね。

ペルセポネー 私が死の淵に飲み込まれそうになっている時に彼が見事に私を救い出すの。そんな空想したことない?

ドーラ そういうのはないね。

ペルセポネー　（諦めず）じゃ、したことあるっていう前提でね。誰かがあなたを死の淵から救い出すとしてね、あなたのヒーローはだあれ？

ドーラ　マリア・ボチカリョーワ▼08だろうね、いるとしたら。

ペルセポネー　その話、聞きたくないわ。

ドーラ　他に類を見ないほど卓越した女性だね。ロシアのボリシェヴィキの兵士だったんだ。二千人もの優れた（女性の）義勇団を結成してね。婦人決死隊って命名した。

ペルセポネー　そうなの。

ドーラ　まあ私が絶体絶命のときはこのライフルを抱えた二千人ものボリシェヴィキの女性たちに救い出してもらいたいね。

ペルセポネーは、訝《いぶか》るような顔をしてみる。間。

ペルセポネー　とにかく大事なことは死の淵から誰かに助けだしてほしいってこと。そんなこと考えちゃいけないって思うんだけど、ついそう期待してしまうの。

ドーラ　それは誰なんだい？

ペルセポネー　レジーかしら。彼が大股で階段を降りて来て、私をさらっていってくれるの。
ドーラ　ここの幅は広げないといけないな。
ペルセポネー　何ですって？
ドーラ　階段だよ。もしマリア・ボチカリョーワと婦人決死隊たちが助け出してくれるんなら。
ペルセポネー　でも、こんなこと考えても意味ないわよね。あるかしら。

ドーラは掃除に戻るが、**ペルセポネー**は考えにふけっているのに気づく。

ドーラ　彼とはどこで知り合ったんだい？
ペルセポネー　いいわよ。興味なんてないんでしょ。
ドーラ　気分がよくなるかもしれないよ。全部話してみたら？
ペルセポネー　そうは思わないわ。
ドーラ　じゃ、好きにしなよ。
ペルセポネー　友達の二十一歳のバースデイパーティー。彼とはそのパーティで知り合ったの。一目見た瞬間、恋に落ちたわ。

彼は三十歳も年上。奥さんと子供が二人いたわ。パパの知り合いでね。狂気の沙汰でしょう。わかってるわ。人の大切なものを壊すなんてこと考えられなかったもの。まあ奥さんとは、全然うまくいってなかったんだけど。

ドーラ そうなんだ。

ペルセポネー 踊ろうって誘ってくれて。私なんて顔は真っ赤だし、全身震えてたわ。二人とも立ち上がって、ダンスフロアで踊った時なんて頭からつま先まで電気が走ったようだった。ダンスの後、彼は顔をくしゃくしゃにしてて、私も、ね。大の男が泣くのを初めて見て、恍惚感に浸ったわ。彼ね、私に夢中だったの。もちろん私も彼のこと愛してた。（中断）ねえミス・キットソン、あなたは男性に対してそういう感情を持ったことあるのかしら？

ドーラ 制服姿の男性になら、あるかもね。いや、それは中身の人間っていうより、制服にもつ感情だな。

ペルセポネー あなたみたいな人にわかってもらおうなんて、なんて浅はかだったのかしら。

ドーラ そりゃ悪かったね。

ペルセポネー いいえ、あなたそんなこと全然思ってないんだから。私何も悪いことしてないのに、どうしてあなたみたいな人とこんなところに。もう我慢できない。(中断)どんな時も諦めちゃダメだって、ママの口癖だった。けど、こんなところにいたら諦めもするわよね。レジーと一生会うこともできないし、キスすることも抱きしめることもできない。自分の家族にだって二度と会えない。ここからだって出られないし、結婚だってできないわ。綺麗なドレスだって着られない。帽子だって買えないのよ。そう思っただけで、もう死んじゃいそう。二度とダンスができないんだから！　二度とダンスができない。私、ダンス上手なのに。レジーは最高だって言ってくれた。もうダンスができないなんて。ダンスすることさえ許されない。今この人生で確かなことといえば、あなただけ。情緒不安定で葉巻をふかすトランスセクシャルのあなた。きっと私すっごく悪いことにしたに違いないわ。想像を絶するくらい。

間

ドーラ　踊ってもいいよ。

ペルセポネー　(怯えて)なんですって?

ドーラ　一緒に踊ってもいいって言ってんの。

ペルセポネー　あなたと!

ドーラ　いいじゃないか。レジーはどこにもいないんだし。ちょっとでも役に立てたらって。あんたは育ちのいいレディだから踊れないなんて可哀想だ。ダンスしちゃいけないってどこにも書いてないからね。簡単なやつを教えてくれりゃあ、私だって男役になってリードできる。きっと二人とも気分が晴れるさ。ちょっとした運動、ちょっとした遊びってわけさ。

ペルセポネー　だめよ!　というか、遠慮しとくわ、ミス・キットソン。ご好意はありがたいけれど。とてもいい考えとは思えないの。そ、その、あなた、まさか私のことそんな風に思ってるってわけじゃ。

ドーラ　違うよ。そんなんじゃないよ。ごめん。ほんと馬鹿げた考えだった。忘れてほしい。なんて馬鹿げた考えだったんだ。あんたとチャールストンを踊って、ジャンヌダルクを捕まえられるわけがないのに。お願い、忘れて。自分でもどうしてそんなこといったのかわからない。

ペルセポネー　だってあなた男じゃないもの。男っていうより、レジーじゃないもの。音楽もない。誰かに見られるかもしれない。せっかく磨いた床だって汚れちゃう。ほら、ダンス用の靴だってないんだし。そんなにダンスしなきゃならないってほどじゃないわ。

ドーラ　わかったよ。ほんと馬鹿げてた。

ドーラがムキになって磨き掃除を始める。

ペルセポネー　さっき言ったこと謝るわね。あなたそんな悪くないわ。

ドーラ　別にいいよ。

間

ペルセポネー　ああ、もうどうでもいいわ。さあ、踊りましょ。あなたが正しいわ。ダンスすると気分もよくなるわ、きっと。これ以上悪いことなんて起こるわけない。誰かに見られたって精神薄弱者だって思われるだけだもの。そもそも、そう思われているんだし。踊りたいの。ミス・キットソン。ダンスのお誘いありがとう。私たち、きっと踊るために生まれてきたんだわ。

ドーラ　まあ、そりゃちょっと言い過ぎだけどね。

ペルセポネー　あなたにステップを教えるわ。いいえ、ちょっと待って。本番と思ってやりましょう。雑巾をそっちにやって。こういうのを思い描いてね。私はキラキラ光るシルバーのホルタートップのドレスを着てる。いい感じに胸も少し出ているのよ。長いディアマンテのタバコケースを持ってて。髪はアップにして完璧なの。私は何千人もの人に愛される女優。あなたは？

ドーラ　えっと……。

ペルセポネー　早く。どの部隊に属してるの？

ドーラ　ああ、なるほど。じゃあ、イギリスの第二十一騎兵隊かな。それかロイヤル・グリーン・ジャケッツもずっと憧れてた。うまくすれば騎兵隊の青かロイヤルの緑だな。もっとうまくすれば、ロイヤル・スコッツ・ドラグーン・ガーズだ。
ペルセポネー　とびっきり素敵なユニフォームのはどれ、ドーラ？
ドーラ　第二十一騎兵隊ってさ、平べったいベルベット地の赤い肩章《けんしょう》をつけてる。
ペルセポネー　じゃあ、それで決まりね。ダンスホールへの入り口が必要だわね。ちょっと待って。
ドーラ　ディアマンテのタバコに火をつけるのが先だよね。
ペルセポネー　司令官殿、ご指摘ありがとうございます。
ドーラ　少なくとも大佐だな。
ペルセポネー　わかったわ、大佐。そこで待ってて。（階段の一番上にいく）向こう向いて。それから遠くにいる私に気づくの。
ドーラ　反対の方向を向いていて、どうやって気づくんだい？
ペルセポネー　私の登場を肌で感じて。みんなが私の方を見てる。オーケストラさえ一瞬演奏を止めるんだから。さあ、ドーラ、もう一回やりましょう。わかった？　あなたが今までみた中で一番美しい存在。どんな人もどうしようもないくらい私に恋しちゃうのよ。

ドーラ　私は兵士だからね。自分自身の態度に注意を払うように訓練されている。

ペルセポネー　ああ、もう。だから、その一回だけあなたの堅いガードが解けるんだってば。さあ、やって見て。(ドーラ、試す)いいわ、とっても。入場するわね。みんな拍手で迎え入れてるわ。

ドーラ　(階段を降りてくる)さあ、私に近づいて。ゆっくりと、明確な意思を持ってね。下を見ないで。私を見つめないではいれないいんだから。

ペルセポネー　今のところもう一回やっていいかい。

ドーラ　よくってよ。さあ私の手を取って。キスするの(ドーラは気が乗らない感じで)そしてダンスに誘うの。

ドーラ　失礼。ミス・ベイカー、一緒に踊りませんか。

ペルセポネー　ええ喜んで。そしたら腕をこうしてまわして。堅くならないで。

ドーラ　音楽はゆっくりとした、堂々としたのがいいよね。激しいのはちょっとね。

ペルセポネー　ドーラ、音楽を聴いて。そうよ、ロマンチックでしょう。さあ私についてきて。

ドーラ　リードするのは私だよね。

ペルセポネー　あなたステップがわからないでしょう。やっているうちにわかってくるわ。それで私がついて行っているフリをするから。そうそう。悪くないわ、ドーラ。その調子。素晴らしいわ。精神薄弱者の二人にしてはすごくうまく踊れてると思わない。ああドーラ。あの時の感じよ。あの時の。

二人は踊る。音楽はドリス・デイの「女房は生きていた」。

第八幕

ポルフ　ドルフ、あなたとってもいいダンサーよ。
ドルフ　ありがとう。あんたもね。
ポルフ　いいえ、私は違う。
ドルフ　いや、そうだよ。あんたには得意なことがいっぱいある。
ポルフ　たとえば？
ドルフ　分かんないけど。えっと、まずエアスイミングがある。あんたと私はイギリス一のシンクロナイズド・エアスイミング・チームだよ。
ポルフ　私に得意なことなんてないわ。馬鹿なだけよ。
ドルフ　そんなことというなよ、ポルフ。

ポルフ　猫飼っていい？

ドルフは返事をしない。

ときどきね、この先いいことなんて一つも起きない気がするの。このままずっとおんなじことが続くか、もっと悪いことが起きるか。

ドルフ　物事にいいも悪いもない。己《おのれ》の考え方一つで決まるんだ。

ポルフ　利口ぶらないで。

ドルフ　いいから。笑って。

ポルフ　表面的に生きることなんてできないわ。それって一番軽蔑に値するもの。私はいつだって、飾らない、そのままの自分でいるわ。感じたことを偽らない。

ドルフ　何を言ってるんだか。

ポルフ　ドリスが言ってたの。

ドルフ　はは、予想つく話だったな。

ポルフ　そうなの。幸せなら、その幸せで表情が光輝くだろうって言ったの。私も全くおんなじよ。でも今日の気分は悲惨なの。楽しみなことはひとつもない。

ドルフ　すぐそこに何が待っているかわからないよ。あんたの人生も最高のチャンスに溢れてる。どんなことだって起きうる。

ポルフ　たとえば？

ドルフ　よくわからないけど。どんなことだって起こりうるさ。女王にだって会えるかもよ。牡蠣を食べたり、シャンパンを飲んだり、色々。

ポルフ　私は紅茶と熱々のパンケーキの方がいいわ。▼09

ドルフ　わかった。じゃ、紅茶とパンケーキだ。それで、白いドレスを着る。女王に謁見するあんたは夢みたいにきれいなんだ。サテンにレース、それから、ヴェールにシフォン。柔らかくて光沢のある生地でできてるんだ。

ポルフ　白を着るとやつれて見えるの、私。

ドルフ　ポルフ、とにかく自分で何か事を起こさないと。誰かが来てくれるのを待ってるだけじゃだめだよ。今一番起こってほしいことってなに？

ポルフ　わからない。ここに来るまでに何か失くしちゃったような感じで、それがなんだったか思い出せないの。

ドルフ　じゃ、それを取り戻さなきゃね、ポルフ。それができるのは私たちだけなんだから。
ポルフ　わかったわ。
ドルフ　あれはなに、ポルフ。あれは？

ドルフは箱のところに行って、泡立て器を取り出す。それを電話に見立てる。

ポルフ　なあに？
ドルフ　これはきっと……思ったとおりだ、これは電話だよ。
ポルフ　でも――
ドルフ　待って、ポルフ。はい、はい、います。――あんたに。
ポルフ　私はいないってことにして。
ドルフ　申し訳ない。ポルフは今電話に出られないんです。ご伝言お預かりしましょうか。はい、はい。わかりました。彼女に伝えます。ありがとうございます。ポルフ、あんたに赤ちゃんが生まれるんだって。
ポルフ　なんですって？

ドルフ　そう。いつ生まれてきたっておかしくない。女の子。お家で自然分娩だね。出産は辛いだろうが、すぐに終わるよ。

ポルフ　電話誰だったの?

ドルフ　ああ、ポルフ。ごめん。電話番号を聞き忘れたよ。一四七一にかけて確かめようか。

ポルフ　いいわ。誰からでも関係ないわよね。

ドルフ　うん、関係ない。

ポルフ　女の赤ちゃんって言ったわよね。これで妹ができる……。出産が耐えられるくらいでよかったわ。あなたも立ち会ってくれていいのよ。胎盤とっておかなくちゃ。それを軽くグリルして、付け合せはマッシュルームとプロシュートハム。

ドルフ　必ずしもそんなことしなくてもいいけどね、ポルフ。

ポルフ　だってすごく栄養あるのよ。名前、なんにする?

ドルフ　高貴な名前がいいね。狩猟の神アルテミスとか。

ポルフ　ちょっといい?　私はドリスがいいわ。ああどうしましょ、可愛いらしくて、もちろん、ほどほどにだけど、セクシーな子に育つわ。そう、純粋でなくちゃ。ピーチみたいにね。ああドルフ、私彼女のこと心から愛するの。この私の大きな心でね。

ドルフ　知ってるよ、ポルフ。あんたならそれができる。
ポルフ　話し方、歩き方、愛し方、歌い方、踊り方、それから泳ぎ方も全部教えてあげるの。
ドルフ　空気中でね。
ポルフ　そう、空気中でね、ドルフ。みかんとクラッカーを食べさせてあげる。
ドルフ　それはちょっとばかり厳しいよ、ポルフ。
ポルフ　体型が細くないといけないからね、ドルフ。彼女は私のもの。私だけのもの。誰も彼女を奪っていったりしない。
ドルフ　そうだね、ポルフ。
ポルフ　本当に？
ドルフ　本当だよ。

ポルフは空想の中で赤ん坊を抱いている。

ポルフ　でも、ドルフ、知ってるでしょ。まさか誰も現れない真夜中の時間帯に彼らがやってくることもある。彼らが誰なのかわからない。いろんな質問をしてくる。ちゃんと答えられるかどうかにかかってる。正解を答えられないことだってある。そうすると、彼らは酷いことをいうの。気がおかしくなるようなことをよ、ドルフ。そうやって自分にとって一番大事だったものをなくしちゃうの。もう何もできない。何も……。

ドルフ　大丈夫だから、ポルフ。そんなことはもう起きない。約束する。

ポルフ　あなたにできることなんてないわ。誰にもどうすることもできない。私は彼女まで失ったの、ポルフ。もう一人失くしたのよ。もう彼女の生命《いのち》を抱きしめることができない。もう、できない。

ドルフ　できるさ。今のあんたは強いんだから。彼女の生命《いのち》を抱きしめられる。今回はきっと大丈夫だ。彼女は幸せで、健康で、アップルパイみたいなアメリカ人になるよ。

ポルフ　ドリスみたいに？

ドルフ　そう、ドリスみたいに。彼女のために歌ってあげて、ポルフ。赤ん坊のために。

ポルフ　わかったわ。ああ、泣き出しちゃったじゃないの。もう疲れちゃったのね。寝かせてあげなきゃ。

ドルフ　そうそう、ポルフ。歌って、眠らせてあげて。

ポルフ　（「シークレット・ラヴ」から八行歌う）

ポルフが歌っている間

ドルフ　彼女をベッドに寝かせてあげて、ポルフ。

ポルフが歌っている間に**ドルフ**が想像上の赤ん坊を抱き、バスタブの中に入れる。病院に戻ってきた。

第九幕

ペルセポネー　わかってるわ、私が悪いことしたって。もうあの子を返してくれてもいいでしょ。お願いだから。これからは善い行いをするから。あの子を返して。返して。

ドーラ　どうしたんだ、ペルセポネー。

ペルセポネー　これ以上ないってくらい酷いことされたの。

ドーラ　何を？　誰が？　いったい誰がそんなこと。

ペルセポネー　わからないわ。あの子がどこなのかわからないの。どこかに置いたのは確かなの。（狂ったように探し始める）水はどこ？　お湯をたくさん用意しなきゃ。彼はここのどこかにいる。ドーラ、お願い。探すの手伝って。

ドーラ　誰のこと？　誰がいなくなったって？　レジー？　レジーはここにはいないよ、ペルセポネー。でも大丈夫。私がいるから。

ペルセポネー 違う。違うってば。馬鹿。レジーじゃないの。小さな魚。私の小さなカエル。どこにいるのかしら。

ドーラ 知らないよ。

ペルセポネー 知っている人がきっといるはずよ。上層部にかけあってみるわ。

ドーラ わかったから、落ち着いて。最初から話してみて。その魚をどこで手に入れたんだい？　お祭りかなんか？

ペルセポネー 覚えてないの。

ドーラ レジーがあんたにくれたのかい？

ペルセポネー この件について確かにレジーも関係があったと思うの。でもこれをくれたのはナナだと思う。

ドーラ ナナ？

ペルセポネー ナナだけが私と口を聞いてくれた。食事をいつも運んで来た。何ヶ月も子供部屋に押し込められてたの。嫌な、嫌な子。その魚は私のお腹の中でぐるぐる泳ぎ回った。ちっちゃなグッピー。そしたらお腹が痛くなって。あれは大変だったわ、ドーラ。「ナナ、お腹のボタンがまだ開いてないわ。」って私がいうと彼女は「お湯がたくさんいるの」って。あの子はやんちゃ坊主だった。突然姿を現したの。（笑う）まるでサーモンみたいに飛び出て来て。ピュルって。ぬるぬるした青くて赤い魚。大きな茶色い目。私が手に入れたものの中で一番素敵だったわ。大きな帽子よりもずっと素敵なもの。それなのに、誰かがその子を無理やり奪っていった。無理やり。

ドーラ そうだったんだ。気の毒に。

ペルセポネー （ようやく気づき始める）私はあの魚のせいでここに連れてこられたんでしょう。魚なんて飼うんじゃなかった。お腹に魚を飼うなんて魔女くらいだもの。ほんと、めちゃくちゃね。

ドーラ うん。

ペルセポネー 私が唯一大事にしていたものなのに、奪われてしまって。まだ名前もなかった。その魚に名前をつけてあげることすらできなかったのよ。

間

ドーラ　今ここで名前をつけてあげりゃいいじゃないか。ほらちょっと抱いてて、ペルセポネー。ね、抱っこして。（想像上の赤ん坊を**ペルセポネー**に引き渡す）

ペルセポネー　でも——

ドーラ　大丈夫だって。頭、気をつけて。水がいるね。そこで待ってて。赤ん坊落としじゃダメだから。そうそう。さてと。聖ディンプナの、えっと御名によって洗礼を授けます……名前は？　名前はなんにする？

ペルセポネー　ロクデナシってどうかしら▼11。

ドーラ　ペルセポネー！

ペルセポネー　あら、だって本当にとんでもない魚だったわよ。

ドーラ　それでも、ロクデナシなんて呼べないよ。

ペルセポネー　どうして？

ドーラ　第一、軍に入隊するチャンスを逃すことになる。そんな名前で陸軍学校に合格できるわけがない。さあ、考えて。ペルセポネー、なんて名前にする？

ペルセポネー　わからないわ。（腕組みをしてじっと考え込む）フィンレーだわ。そう、フィン。フィン、私のかわいい両生類似の坊や。

ドーラ　（水を持ってくる）父、子、聖霊の御名によって、フィンに洗礼を授けます。ほら、ペルセポネー。これで名前がついた。この子はあんたのだよ。それだけは誰も奪ったりはできない。

ペルセポネー　この子のために何ができるかしら。

ドーラ　ただ愛するの。母親ができることってそれだけだよ。

ペルセポネー　わかった。必ずそうするわ。船乗りの洋服を着せたかったけれど、まあいいわ。なるようにしかならないってね。疲れた。ふうー。それにあの痛みの酷さといったら、ドーラ。

ドーラ　わかったから、もう寝な。いくらか休息をとってもいい頃だ。磨き掃除は私がやる。

ペルセポネー　豪華な朝食を食べたいわ。卵にパンケーキ。

ドーラ　できる限りのことはするよ。

ペルセポネー　今年って何年、ドーラ？

ドーラ　一九二六年だけど。

ペルセポネー　なんてこと。長く居すぎたんじゃない、私。あとどのくらいいれば出られるのかしら、ドーラ。

ドーラ　わからない。
ペルセポネー　あとどのくらい？　ねえ。
ドーラ　世界大戦が四年間続いたからね。
ペルセポネー　四年も！　大戦っていうけど、何がすごいの？　三十年戦争ならどうなの。どのくらいつづいたの？
ドーラ　世界大戦より長かったね。
ペルセポネー　そうよね。それじゃ、百年戦争はどうかしら。それなら永遠に続いたんじゃない？
ドーラ　そうだね。いつ終わるかなんてわからなかった。時間のことなんて考えちゃいけないんだ。ただ戦い続けるのさ。あんたと私はその同志ってわけ。だから戦いを続けなきゃならない。
ペルセポネー　ああ、ドーラ、もう考えるのやめましょう。
ドーラ　そうだな。また明日から心機一転。毎日が新しい一日だ。
ペルセポネー　ありがとう、ドーラ。あなた本当に強いのね。あなたのこと、勘違いしてたみたい。レジナルドのことも。あなたの連隊に入りたいわ。この磨き掃除の一時間がなかったらどうやって生きてたのかしら。わからないわ。元気ださないと。おやすみ、ドーラ。

ドーラ　おやすみ。

第十幕

ドルフ　こっちに来て、ポルフ。質問に答える練習をしないと。
ポルフ　どうして？
ドルフ　よく考えてみたんだけど、練習しとかなきゃ。誰か来るかもしれないし。
ポルフ　でも約束してくれたじゃない。安心していいって保証してくれた。怖い男はもう二度と現れないって。あなたが私のこと守ってくれるって。
ドルフ　準備しておくに越したことはないよ、ポルフ。それだけさ。できる限りのことはやってる。けど、いつも一緒に居られるってわけじゃない。
ポルフ　でも約束したわ！
ドルフ　あんたが思ってるほど私は強くないんだ。悪いことが起きるのを食い止められないときだってある。準備しておこうっていってるんだ。さあ。簡単な質問ばかりだから。楽しもうよ。

ポルフ　わかったわ。

ドルフ　よし、始めよう。ドリス・デイの本名は何？

ポルフ　本名はドリス・メアリ・アン・フォン・ケッペルホフで、ドイツ人カトリック教徒の両親のもとに生まれる。オハイオ出身、一九二四年四月三日生まれ。

ドルフ　正解。ドリスが十五歳の時に起きた人生最大の危機ってなに？

ポルフ　運転していた車が電車に衝突して、右足を複雑骨折したこと。

ドルフ　正解。

ポルフ　その問題聞かれないといいんだけど。考えるだけで気持ちが沈むもの。

ドルフ　練習してるだけ、ポルフ。じゃ、次。ドリスがジミー・キャグニーと共演した映画は？

ポルフ　『情欲の悪魔』

ドルフ　正解。ドリスが制作した映画の中で彼女が一番気に入ってたのは？

ポルフ　『カラミティー・ジェイン』

ドルフ　正解。ドリスの大好物のパイは？
ポルフ　それ引っかけ問題よね。大抵の人はアップルパイって答えると思うんだけど、実はピーチパイなの。当然よね。
ドルフ　はい、正解。ほらね。問題に答えるの得意じゃない、ポルフ。
ポルフ　まあね。だけど五歳児だって答えられるくらいの問題じゃない、ドルフ。
ドルフ　そのとおり。だからポルフ、怖がることなんて全然ないんだ。じゃあ、私と知り合ってどのくらいになる？
ポルフ　永遠！
ドルフ　あんたに嫌な思いさせたことあった？
ポルフ　あなたは私の親友よ、ドルフ。どうしてそんなこと聞くの？
ドルフ　問題に答える練習だよ、ポルフ。あんたを傷つけたことはあった？
ポルフ　猫を飼わせてくれないわ。
ドルフ　そうじゃなくて、本当に悪意があって傷つけたかってこと。
ポルフ　もちろんそんなことはないわ。そういう質問嫌だわ、ドルフ。
ドルフ　わかったよ、ポルフ。でもあんたは強くならなきゃならない。みんな私のこと悪く言

ポルフ　うんだ。それでも私たちは真実を言わなくちゃならないんだよ。
ドルフ　みんなどんなこと言うの？
ポルフ　私が人を傷つけたとか。人を狂わせてしまうとか。あんたを狂気に走らせたんだとか。そのせいであんたの赤ん坊が死んでしまったとか。
ドルフ　やめて、やめて、やめて、やめて。もう聞きたくない。あなた混乱してるのよ。だってずっと昔のことなのよ。みんなあなたのこと分かっていないもの。私があなたをわかっているみたいにはね。
ポルフ　真実を話さなきゃならないってこと。それだけ。
ドルフ　分かったわ、ドルフ。今度は私があなたに質問する番ね。
ポルフ　なんでもどうぞ。
ドルフ　ドリス・デイはどうしてあんなに素敵な女優だったのでしょう。
ポルフ　それなら知ってるよ。
ドルフ　はい、どうぞ。
ポルフ　それは彼女はいつだって自信に満ちていて、陽気だし、自分の運命に確信があったから。

ポルフ　私たちとおんなじね。
ドルフ　それはどうかな。ポルフ、本当にそう思うかい？
ポルフ　いいえ、私もそうは思わない。(間)さてと、何をしようかしら。
ドルフ　しっかり椅子に座って、ポルフ。長い航海になるかもしれない。だからしっかりとね。

時が経つ。音楽が流れてくる(ドリス・デイ：センチメンタル・ジャーニー)？　**ペルセポネー**と**ドーラ**が病院で次第に年老いていく様子がわかるような雰囲気を出す動きをする。

第十一幕

ドーラ　この階段はピカピカだと思わないか。
ペルセポネー　このバスタブ私の顔が映ってるわ。
ドーラ　とびっきり素晴らしい出来だと思わないか？
ペルセポネー　そりゃ、ものすごく長いことやってるんだもの私たち。そうでしょ。
ドーラ　この磨き掃除のおかげで、私は強くなった。この鋼《はがね》のような腕。海峡だってインド洋だって泳いで渡れるよ。私がここを出られたら、誰にも捕まえられないね。王立アイルランド人軽奇兵連隊に入隊するんだ。それでドイツ人どもをやっつける。まあできるだけのことをする。どうかした？
ペルセポネー　髪の毛が。私の髪が白くなってる。なんてこと。いったいいつからなのかしら。

ドーラ　そんなの見ないでいいよ。
ペルセポネー　自分ではもうちょっとマシな容姿だと思ってた。
ドーラ　いいじゃない、とっても。
ペルセポネー　髪の毛が。私の髪が……。
ドーラ　茶色。あんたの髪の色は美しい茶色。
ペルセポネー　(びっくりして)茶色?
ドーラ　いや、金髪だ。金の糸みたいな。
ペルセポネー　本当に?
ドーラ　もちろん。
ペルセポネー　(バスタブに映った自分の姿から目を離すことにする)ありがとう、ドーラ。(間)今何年かしら?
ドーラ　えーと。何年だ。ちくしょう。私らしくない。一九三〇年だったかな?　一九四〇年かな。そんなわけない。いや、そうなのか。
ペルセポネー　ここに来て何年経つのかしら。
ドーラ　私は一九二二年にきて、あんたは一九二四年だったたな。私は何歳だろう。あんたいくつになった？

ペルセポネー　忘れたわ。社交界にデビューするところだった。だから二十一歳だったはずよ。

ドーラ　十年？　二十年？　全くわからない。私らしくないな。本当にわからない。

ペルセポネー　これまで何か取りこぼしたってことあるかしら。まあ、どっちにしても、生きるのが楽になったわよね。

ドーラ　ある意味では。

ペルセポネー　でも私たち何かを失ってるわ。

ドーラ　過去を振り返っちゃいけない。未来に期待してもいけない。この今の瞬間を堂々と生きるんだ。

ペルセポネー　あなたは私なんかよりずっと強いわ、ドーラ。

ドーラ　いいや、強くない。

ペルセポネー　いいえ、強いわ。

ドーラ　いや、あんたと私では違う。私はここに入れられて当然だけど、あんたはそうじゃない。

ペルセポネー　なに馬鹿なこと言って。そんなこともう決して言わないで、ドーラ。誰だってこんな扱い受けるべきじゃない。

沈黙

ドーラ　私の兄弟はみんな死んでしまった。
ペルセポネー　あなたに兄弟がいたなんて知らなかった。
ドーラ　三人も。戦争でね。全員戦死だよ。バン、バン、バンってね。早すぎた死。
ペルセポネー　それは辛かったわね、ドーラ。
ドーラ　一番年上はジョージ。物静かなやつ。真面目で学者肌だったよ。軍隊なんてちっとも向いてなかった。それから、ハリー。冗談ばっか言ってた。調子よくってさ。あんたなら気に入ってたと思うよ。でも私が一番思い出すのはアルフレッド。天使みたいな美しい巻き毛の少年。まだ十八歳だったんだ、戦死したとき。私こそが戦場に行くべきだった。正義のための戦い。
ペルセポネー　あなたは女の子よ。女性なの、ドーラ。あなたに戦うなんて無理よ。

間

ドーラ　フローラ・サンデスは戦ったよ。世界大戦でね。彼女は教区牧師の娘だった。セルビアの歩兵隊の軍曹にまで上り詰めてブルガリアと戦った。ブルドッグみたいに勇敢で、教区牧師の娘だったんだ。

ペルセポネー　そう。私はあなたが兵士でなくてよかったと思ってる。牧師の娘でなくてよかったとも思ってる。

ドーラ　いや、戦うべきだったんだ。わからない？　国王と国家にこの身を捧げるべきだったんだ。

ペルセポネー　違うわ、ドーラ。それは違う。

ドーラ　その代わりにこんなところにいて、国に奉仕してる。ロイヤル・ディンプナ部隊ってとこか。私はディンプナ部隊の兵士だったし少年兵だった。我々はそのストイックさで知られている。縁の下の力持ちなんだ――英雄ではないけど、想像を絶する年数奉仕してきた。

ペルセポネー　あなたとっても勇敢だわ。猛者《もさ》の中でもとびっきり勇敢。

ドーラ　ふん。無名の英雄ね。自分自身でメダル授与でもするかな。武勇の勲章とかね。それをピッカピカに磨いて。一年間奉仕した証として授与しよう。それからまた次の年も。

ペルセポネー　そうすべきよ。

ドーラ　（**ペルセポネー**を見る）私のこと少し狂ってると思ってるだろう。きっとそうだ。

ペルセポネー　ドーラ！

ドーラ　それでいいんだ。私は気にしない。兵士の話になるとね、ちょっと気が狂ってるって思うだろう。なんだっけ。あんた私のことずばり言い当てたことあったよね。「葉巻好きで精神異常のトランスセクシャル」だったっけ？

ペルセポネー　そんなのずっと昔の話。最初はそう思ったりしたけど。今は思ってない。

ドーラ　この先どのくらい続けられるかわかんない。

ペルセポネー　なにを？

ドーラ　この奉仕活動さ。

ペルセポネー　ドーラ、私たちここまで頑張ってきたんじゃない。どういうこと？

ドーラ　退職したいんだ。年金をもらってさ。

ペルセポネー　きっとできるわ。
ドーラ　いいや。この体もう昔ほど使い物にならない。指が全部親指みたいだよ。これじゃもう弾丸の交換ができない。一斉射撃に間に合わないよ。
ペルセポネー　ついさっきまで、インド洋を泳ぎ切るなんて言ってたくせに。
ドーラ　（笑う）虚勢を張ったんだ、ペルセポネー。本当は臆病者なんだ。いつだってそう。だから私にはこんな場所が似合う。魂を失くした輩とおんなじだ。
ペルセポネー　私たちきっと疲れてるんだわ。人間が一日に磨ける範囲なんてたかが知れてる。昔に比べたら楽になったほうだと思うけど。
ドーラ　私にはそう思えないね。
ペルセポネー　私が手伝う。これまではあなたが助けてくれた。だから今度は私の番よ。
ドーラ　いいよ。私は大丈夫、ほんとに。ちょっと休むよ。今が何年か思い出せたらいいのに。少しの間こうして頭を落ち着かせて。こうやって横になる。何年だか思い出せるはずなんだけど。
ペルセポネー　その方がいいじゃない。だって何年だって関係ないんだから。
ドーラ　軍の教えとは違うが、あんたのいうことは正しいかもしれない。私は疲れてるしね。

ずっと身構えて生きてきたから。髪を剃られでもして、悪魔の刻印をみつけられたらどうしようって。

ペルセポネー シー。さあもう静かに。休むのよ。今度はあなたが休む番だから。

第十二幕

ドルフ　どこにある？　ああ、あれはどこにいった？　あの女はなんでもかんでも失くすんだ。一体どこに置いてきちまったんだよ。
ポルフ　ドルフ？
ドルフ　ああ、ここにいたのか。あんた。どこに置いてきたんだ、一体？　どこなんだ？　ほら、どこに隠したか言って。今すぐ。私は暇じゃないんだ。
ポルフ　なんですって、ドルフ？　なに？　ちょっと怖いわ。
ドルフ　例のアレだよ。あんたのヘンテコな機械に決まってるじゃないか。あの素晴らしく時短に貢献する装置だよ。労力をセーブしたいんだ。さあどこにあるか言いな。
ポルフ　箱の中よ。

ドルフ じゃあ早く。とって来て。さあ、私にはあれが要るんだよ。あんたあれがどんなにいい機械か自慢してたじゃないか。あれを試さないと。
ポルフ ドルフ。ねえ、どうしたの?
ドルフ いいから早くとってきて、私に渡して。すぐにね。ほらほら。

ポルフは泡立て器を取ってくる。それをドルフに渡すが、ドルフはそれを頭に押し当てる。

全然だめだ。コンセントに入れて。ほら、電気が要るんだよ。こいつ、ちっとも動かないな。ああ、いっつもこうだ。ムーリネックス製ってのは、ほんとダメだ。
ポルフ もうやめて、ドルフ。あなたのこと怖くなっちゃった。理解できないわ。何をどうしたいの?
ドルフ こっちが聞きたいよ。あんたにはどう見える? 泡立て器で穿頭術をしてみようとしてる。つまり、このどうしようもないクソ泡立て器で頭に穴を開けようとしてるわけ。
ポルフ お願いだからやめて、お願い、ドルフ。

ドルフ　こんなこともできないんだ。ああ、神様、どうか私に力をお与えください。あんた何やってるんだ。頭悪いのかい？　電源をオンにするんだってば。
ポルフ　これは電池でしか動かないんだけど、電池買うの忘れちゃったわ。
ドルフ　なんてこった。
ポルフ　あなた自分のこと傷つけたいんだわ。
ドルフ　そりゃ、そのつもりだよ。
ポルフ　やめて、ドルフ。
ドルフ　私からこの機械を取りあげようなんて百年早いんだよ。あっち行って。あんたのためだ。行けってば。一人にしてほしいんだ。はっきり言ってやろうか。あんたに・ここに・いて・ほしく・ない。聞こえた？　本はどこだ。本はどこかって聞いてるんだ。
ポルフ　なんの本？
ドルフ　穿頭術の本だよ、そんなのもわからない？　ほんとに、あんたどこに置いたんだ？
ポルフ　私は触ってないわ。
ドルフ　いや、触ったね。あんたは何にでも触るんだ。盗人猛々しいとはあんたの手のことだ。ありとあらゆるものに手を出す。私の人生から消えておくれ、ポルフ。家族のところに戻ってよ。

ポルフ やめて、お願いだから。

ドルフ 理解できない。これ動かない〔泡立て器を持って〕。ちっとも動かないじゃないか。本だって違ってる。初心者用の本を買うべきだった。

ポルフ なんですって?

ドルフ 初心者用の穿頭術の本が要るって言ってるんだ。ほんの少しばかりの幸せがほしい人のための本だよ。私はそれっぽっちでいいんだ。ほんの小さな幸せ。大きな幸せはいらない。平穏で静かな時間を少しだけ。自分だけのね。頭蓋骨のどのあたりに穴を開ければいいんだっけ。覚えてないな。あんたまだいるのか? 消え失せろって! さあ、早く。どっか行けっての。あんたにいられちゃ迷惑なんだよ。

ポルフは取り乱す。

うろうろするんじゃないよ。もうあんたは成人なんだ。子供じゃない。あんたをいつまでも子供でいさせておいたのは私だったな。大人にならないと。責任を持つんだよ。自分の力で生きるんだ。そうして私をそっとしておいてよ。

ポルフ　あなたを一人になんてしたくないわ。

ドルフ　あんたが望もうが、望まなかろうが、私はもうすぐいなくなる。

ポルフ　行かせない。

ドルフ　どうやって私を止めるつもり、ポルフ？

ポルフ　私があなたの面倒を見るわ。もう不幸なんて思わせないから。

ドルフ　そんなの無理だ。

ポルフ　無理じゃないわ。「スリルの全て」のドリス・デイみたいになるの。ベヴァリー・ボイヤー役でね、石鹸のコマーシャルっていう輝かしいキャリアを捨ててまで、自分の夫と子供の世話をしたのよ。知ってるでしょ。

ドルフ　（覇気なく）ドリス・デイの話はもうやめて。

ポルフ　でも私たちドリスが大好きじゃない。

ドルフ　違う、ポルフ。あんたがドリスのことを好きなんだ。彼女のことなんてこれっぽっちも興味ない。なぜだかわかる？　面白みも何もないからだよ。本当にどうしようもないくらいつまんない。映画で言ってることなんてひとつも信じちゃいない。あんな薄っぺらな世界は存在しない。作り声で歌ってる声なんてもう我慢ならない。金髪も嫌いだ。ドリスなんて実は大嫌いだ。ドリス・デイが私の人生をめちゃくちゃにしたって言ってもいい。完全に崩壊させた張本人なんだよ。

ポルフ　でもドリスが人を傷つけるなんてことできないわ。

ドルフ　そりゃそうだ。ポルフ、知ってたかい？　ドリス・デイってのはペテン師なんだ。完全なる作り物。ただの広告塔だからね。

ポルフ　そんなことないわ。

ドルフ　ああ、それからもう一つ、あんたがミス・パーフェクト・アメリカン・パイについて知らなかったこと、教えてあげようか。彼女はレズだ、ポルフ。ケーリー・グラントなんて別に好きじゃなかった。全く違うね。デビー・レイノルズ[12]がずっと好きだったんだよ。

ポルフ　どうしてそんなこと言うの？　そんなの信じないわ。出まかせに決まってる。吐き気がするわ。

ドルフ　ポルフ、そんな歴然とした事実がわからないのか。

ポルフ　違うわ。
ドルフ　ドリスはただ普通の、そこらへんによくいるクンニリングス好きの女なんだよ、ポルフ。信じるも信じないもあんた次第だけど。
ポルフ　ドルフ、謝って。ドリスに謝ってよ。
ドルフ　なんだって？
ポルフ　聞こえたでしょ。ドリスに謝って。
ドルフ　ここにいないじゃないか。
ポルフ　彼女はいつだってここにいるわ。
ドルフ　いや、ポルフ。ドリス・デイはこうしている間、大西洋の対岸で行き場を失った犬たちのために家を建ててるよ。
ポルフ　そう、そうよ。彼女は動物が大好きだから、私たちのこともきっと好きに違いないわ。だから彼女に謝って。
ドルフ　大人になんなってば。
ポルフ　確かに彼女は物理的にここにいるわけじゃないわね。私に謝ってくれてもいいわ。実際、不思議なんだけど、彼女と似たところがあるって、よく言われる。

ドルフ ひとつも似てないね。

ポルフ 似てると思うわ。

ドルフ いいや。ポルフ、この際だから友達として言っとくけど、あんたは嘘を生き続けてる。あんたがドリス・デイに似たところなんてひとつもない。背が小さすぎるし、ぼてっとしてる。洗練さのかけらもないし、そのウェッグを被ると馬鹿にしか見えないよ。

ポルフ (ゆっくりとウィッグを取る)あんたなんて嫌い。

ドルフ そうそう。そうこなくっちゃ。荷造りして。泡立て器を持っていなくなってよ。

ポルフ どこにも行かないわ。あなたを一人にしない。好き勝手言うといいわ。私はどこにも行かないもの。

ドルフ あんたが私にしてることがわからない？　あなたのせいで気が狂いそうだ。もうこれ以上耐えられそうにない。

ポルフ 私が力になるわ。

ドルフ 私を助けられる人間なんていやしない。私は救いようのない人間だから。それに、いい人間じゃない。ドリス・デイじゃない。私はならず者だよ。いや、魔女だ。私の子供たちはみな私生児だしね。だから私は罰せられなきゃならない。人を傷つけるし、何でも破壊するんだ。私は監禁されて然るべき人間で、一生出てきちゃいけない。心の準備が必要だから私を一人にしてくれないか。あんたは家族を探しにここを出るんだ。そこに戻った方がいい。まだ幸せになれる。あんたにはチャンスがある。

間

ポルフ 少し芝居がかってるわね。そういう種類の言動はもうたくさん。ドルフ、少し大人しくしていて。私があなたのために何かする番なの。そうよね、ドルフちゃん。いつもあなたが私のために尽くしてくれたもの。

ドルフ あんたが私のために何かするだって？

ポルフ さしあたってできることといえば、あなたの足を洗ってあげることかしら。あなた自分の足見てみたことあるの？　きれい好きは敬神に次ぐ美徳であるってよくいうでしょ、ドルフ。さあ、そこに座って私に足を見せて。きゃー！　ドルフ、酷くにおうわ。さあ、リラックスして。気を張り詰めすぎよ、ドルフ。洗うわね。気持ちいいでしょう。（**ポルフ**が**ドルフ**の足を洗う）私がね、赤ん坊を授かったときね、その足を洗ってあげたの。ちっちゃな足。完璧な形をしていたわ。あなたの足とおんなじ。

ドルフ 指が六本ないっていえる？

ポルフ だから、もうやめなさいって言ったでしょ。ぜんぶ頭の中から追いやってしまって。ね、気持ちが楽になったでしょう。

ドルフ ありがとう、ポルフ、楽になったよ。新鮮な空気を吸ったらもっと良くなる。すぐに戻るよ。でも、あんたは警戒態勢に入ること。とにかくこれからは油断しないように。

ポルフ あなたをがっかりさせたりしないわ、ドルフ。

ドルフ ありがとう、ポルフ。すぐに戻るよ。

ドルフは退場。**ポルフ**は階段に座っている。音楽がかかっていてもよい（ドリス・デイの「恋に落ちた時」）？　起きていようとするが、次第に眠りに落ちていく。

第十三幕

ドーラが舞台に出てきて、眠っている女性に話しかける。

ドーラ　ペルセポネー。眠ってるんだね。起こさないようにしないとね。とうとう武装態勢を解除する時がきたんだ。男らしく降伏するときがね。今年が何年だか知らないが、ペルセポネー。ああ、もう何もかもわからないんだ。

間

いくら攻撃されても決して屈することなんてないと思ってた。自分にも親父のような不屈の精神があるって信じてた。男の服を着たかったんだ。葉巻をちょっと吸って。輝かしいメダルをいくつかとクリケットの来賓席。分かるよね、そういうのが私の趣味だって。いつかここから出られるって思ってた。何十年もの奉仕に対する感謝の印。それが銀の大皿に乗っけられて贈呈される。だが、時の強力な流れに逆らえない、そうだよね。もう何年も水の中を掻くだけで全然前に進まなかった。泳がなきゃならなかったのにさ。ハデスが私たちを地獄に引き摺り下ろしたんだよね、ペルセポネー。デメテルとその家族が私たちのことをすっかり忘れてしまった。もう何十年もずっと忘れている。どうしてそんなことができるんだろう。そんなこと起きていいはずないだろう。外に出て春をこの目で確かめられるって話じゃなかったのか。

ああ、気づいたらまた御託を並べてる。あんたは正しい。私は喋りすぎだ。

私には希望がない。でも、あんたにはまだチャンスがある。最初はヘラヘラしてるだけだって思ったけど、実は軟骨みたいにタフなんだな、あんた。ペルセポネー？

あんたとのおしゃべりは楽しかった。対決することもあったけど、それでも有意義な時間だった。静かに行くよ。歌ったり踊ったりして別れるのは苦手だから。軍装のラッパはごめんだ。ヴィクトリア十字勲章がもらえたら嬉しいけどね。死んだ後に授与される、とか。ああ、ペルセポネー、それだけお願いできないかな。それがもらえたら嬉しいよ。

ドリスは**ペルセポネー**を見て去る。**ペルセポネー**が寝返りを打つ。

ペルセポネー　ドーラ？

眠りに戻る。

第十四幕

ドルフが舞台に出る。

ドルフ　ポルフ？　ポルフ？　一時間くらい起きていられなかったの？

ドルフが座って、眠っている**ポルフ**を見ている。

もう時間だよ、ポルフ。強くならなきゃ。真実を伝えなきゃ。

突然照明が**ポルフ**に当たる。急に起き上がる。次の照明の時、**ドルフ**はバスタブに水を流している。

ポルフ　だれ？　だれだっていいけど、どっか行って。
ドルフ　私が誰か知っているじゃないか、ポルフ。
ポルフ　知らない。どっか行ってってば。
ドルフ　ちょっと待って、ポルフ。馬鹿言わないでよ。
ポルフ　私は馬鹿じゃないわ。
ドルフ　私がどうしてここにいるかわかってるはずだよ。
ポルフ　（自信なさげに）うん。
ドルフ　彼女はもうどのくらい魔女なんだ、ポルフ？
ポルフ　誰のこと話してるのかさっぱりわかんないわ。
ドルフ　ほら、ポルフ。わかってるくせに。
ポルフ　ほんとにわからないわ。
ドルフ　質問に答えるの得意じゃなかったっけ？
ポルフ　得意よ、とっても。

ドルフ　悪い娘《こ》がどうなるか知ってるだろう。あんたがそうなると困るんじゃない？
ポルフ　し、知らないわ。
ドルフ　なぜ彼女は魔女になったんだ？
ポルフ　私ほんとに知らないの。
ドルフ　ポルフ、本当に怒るよ。
ポルフ　わかったわ。わかったから。
ドルフ　彼女はどうして魔女なんかになったんだ？
ポルフ　それは、彼女はいつだって自信に溢れてたし、陽気で、自分の運命に確信を持ってたから。
ドルフ　いい娘《こ》だ。できるじゃないか。じゃ、彼女が夢の中で性行する相手として選んだのは？
ポルフ　ケーリー・グラント、じゃなくデビー・レイノルズね。
ドルフ　ブラック・サバスのコンサートはどこで開催されましたか、ポルフ？
ポルフ　ドーチェスター・ホテル。
ドルフ　どんな音楽が演奏されましたか？　それから、どんなダンスだったでしょう？

ポルフ　ドリス・デイ。
ドルフ　どんなダンスだった、ポルフ？　さあ。
ポルフ　私たちは軽いステップのダンスを踊ったわ。
ドルフ　ドリスはどんなものを食べましたか、ポルフ。
ポルフ　卵とパンケーキだと思うわ。
ドルフ　彼女が魔術で病と死に至らしめた動物は？
ポルフ　私の猫よ。えっと、違うわ。私の魚。
ドルフ　彼女はどうやって空を飛ぶでしょう、ポルフ。
ポルフ　泳ぐんだわ。空気中を泳ぐの。
ドルフ　その悪魔は悪行を重ねる期限を設定しましたか。
ポルフ　期限は今日明日中ね。
ドルフ　その調子だよ、ポルフ。いい娘《こ》だ。いや、ちょっと待てよ。あなたは彼女の共謀者でしたか？
ポルフ　私？
ドルフ　あんたに不利な状況だよ、ポルフ。彼女の共謀者だったかって聞かれてるんだ。

ポルフ　いいえ。あ、はい。いえ、私――。

ドルフ　あなたは彼女を知っている。

ポルフ　といっても――

ドルフ　彼女を知っている。

ポルフ　どういう意図で聞かれているのか私には――

ドルフ　あなたは彼女を知っている。彼女はあなたの親友だ、ポルフ。彼女を置いて逃げたりしてはいけない。

ポルフ　違う。違う。そんなこと私――

ドルフ　あなたは嘘をついていませんか、ポルフ。

ポルフ　誓います。私は彼女を知りません。本当のことを言っています。もし私が嘘を言っているなら、どうか神よ私を罰してください。私は彼女なんて知らない。知らない。本当に。

照明が次第に暗くなる。**ドルフ**がバスタブにゆっくりと頭を入れる。**ポルフ**が大慌てで階段を上まで駆け上がる。それからスローモーションのように、**ドルフ**は三回水に頭をつける。毎回それをするたびに、**ポルフ**は叫び声をあげようとするも、腕は動いて髪を引っ張ることはできるのに音が口から出ない。三回目、**ドルフ**は水から顔をあげない。**ポルフ**が声の金縛りから解放される。

ドルフ！　ドルフ！　ドルフ！　ドルフ、泳いで。ドルフ。空気中で泳ぐのよ、ドルフ。ドルフ、お願い。こんなこと——ほら、ドルフィーちゃん。泳いでよ。イギリスのために泳いで。宙で泳いで。ドルフ、ドルフ、ドルフ。（だんだん声が小さくなる）

間

極悪非道な男が来たわ、ドルフ。
質問をたくさんしてきたの。
うまく答えられなかった、ドルフ。
危険が迫ってるわ、ドルフ。なんとかして。

ほら、一緒に歌って。ケーセラーセラー「なるようにしかならない」。

黙る

あなたを私の人生に取り込むなんてできない。それはできないの。あんたを私のものにすることがね。私はもうすでに人生の中で一番大事なものを失くしてしまったから。ゲーム・オーバーでしょ、ドルフ？　あなたはアップルパイみたいに幸せで健康なアメリカ人には決してなれないのよね。

「ビウィッチト」から七行歌う。

暗転

第十五幕

ペルセポネーがバスタブを見下ろしている。

ペルセポネー　ドーラ。なんてこと、ドーラ。ねえ目を覚まして。こんなことするなんて、酷いわ。（水から彼女を持ち上げて、蘇生させようとする）もうちょっとなのに、私たち。ドーラ。こんなことすることなんてなかったのよ。ねえ、目を覚まして、お願い、ドーラ。

ドーラが空気を求めて息を吸う。

そう、それでいいの。いい娘《こ》ね。じゃなくね、兵隊だったわね。私の勇敢な、かわいい兵隊さん。そうよ、ドーラ。戻って来て。

ドーラ 彼女は死んだ。

ペルセポネー なんですって？

ドーラ 彼女は死んだ。

ペルセポネー 誰が？

ドーラ アン・ドルファン。

ペルセポネー シッ。黙って。落ち着いて。

ドーラ 一六四七年に魔女の嫌疑をかけられ、溺死させられたんだ。

ペルセポネー シーってば。年号はいいわ。年号はたくさん。

ドーラ どうしてそんな目にあったか知ってる、ペルセポネー？　周りの人よりも賢かったからだよ。

ペルセポネー 知ってるわ。知ってる。ああ、一時はどうなるかと思って怖かったわ、ドーラ。

ペルセポネー 賢いのはいけないよ、ドーラ。父は私にそう言った。賢いのはいけない、と。

ペルセポネー そんなことないわ。いつだってどんなときだって賢くなくっちゃ。

ドーラ　今何年か思い出せなくなったんだ。私の中で何かがプツンと音を立てて切れた。それで、何年だか思い出せなくなったんだ。

ペルセポネー　今何年かなんてどうだっていいわ。

ドーラ　それでも知りたかったんだ。私はどうしても知りたかった。

ペルセポネー　一緒に調べましょう。一緒にね。ちょっと待って。そういえば新聞を見たわ。あいつらが磨き掃除のために新聞を置いてったの。ほらね。

ペルセポネーが箱から新聞を取り出す。

ドーラ　何年だって？　何年か教えて。ねえ、何年か教えてよ。

ペルセポネー　一九五八年。（読む）ハリウッド報道協会がドリス・デイを世界で最も愛される女優に選ぶ。ほら、わかったでしょ、ドーラ。私が言った通りだわ。

ドーラ　（間）ドリス・デイって誰？

ペルセポネー　えっと、ほら、女優かなんかでしょ。

ドーラ　いい女優なんだろうね……一九五八年だって言った？

ペルセポネー　ええ。
ドーラ　私がここに来たのが一九二二年だっけ？
ペルセポネー　そうよ。
ドーラ　三十六年ってことか。
ペルセポネー　この現実に向き合えるわよね、ドーラ。私たちこのことに向き合える。私たち根性あるもの。現実に立ち向かえる。でも私を一人にしないで。こんなこと二度としないで。もう私を置き去りになんてしないわよね、ドーラ。あなたと一緒にここに入りたいなんて頼んだことないけど、こうして一緒になった。だから、自分一人で命を絶つなんてこと絶対にしないで。
ドーラ　疲れてたんだ。
ペルセポネー　疲れたって、それとこれとは別。ドーラ、あなたは上級曹長なのよ。わかってるでしょ、上級曹長。王立ロンドン連隊のね。▼13 その任務は、えっと任務は——ドーラ、ほら、ここは助けてくれなくっちゃ。
ドーラ　磨き掃除？
ペルセポネー　その通り。任務は、もちろん磨き掃除。同時に銃も構えの態勢ね。（雑巾を振り回

す）

ドーラ　ほら、しっかりして、ドーラ。今がシーザーになるときよ。そうでしょ。私たちはもう老いたんだ、ペルセポネー。もう歳をとり過ぎてる。

ペルセポネー　年寄り万歳！　私ならそう言うわ。フランス万歳。フランスの国歌「ラ・マルセイエーズ」の歌詞ってどんなだっけ。掃除する間、歌いたいわ。ジャンヌ・ダルクがカリカリに焼かれてる時に彼女が歌ったって曲じゃない？

ドーラ　違うと思うけど。

ペルセポネー　なら歌うべきだったと思うわ。ほら、ドーラ。年のせいで私たちが弱くなるなんてことないわ。

ドーラ　磨き掃除が我々の無限の創造性を枯渇させるなんてこともね。

ペルセポネー　全くもってその通りよ。ほら、ドーラ。一緒に踊りましょ。私たちおしゃれ好きのフラッパーズ・ガールなんだから。[▼14] 手足はそう柔軟じゃないけど、まだまだ動けるわ。

ドーラ　私はできない。

ペルセポネー　もちろんできる。まだ始まったところ。一緒に楽しく騒ぎましょうよ。私たちがまだ二十歳のとき、あいつらは私たちのことキチガイ扱いしたけど、もう一度若くなれるわ。シーザーのために、ジャンヌのため、そしてここに閉じ込められた修道女たちのために踊りましょう。私たち自身のためにも、ドーラ。年老いた魔女風のおばあさんだけどね。ほら。

ドーラ　ペルセポネー。まだあんたを立派な兵士に育てることができるな。

ペルセポネー　そんなこと絶対ないわ。そんなこと、おいといて。ドール、踊りましょう。

音楽。ドリス・デイの「もしあなただったら」

二人はお茶会のダンスパーティで踊っているよう。つまづいて態勢を戻すのを繰り返しながら、互いに支え合って、踊っている。

第十六幕

ドーラ　今何年だい、ペルセポネー。

ペルセポネー　一九七二年よ。

ドーラ　そう思ったよ。我々のゴールデン・ジュビリー、つまり五十周年記念だ。▼15 ようやくその時がきた。私たちには準備ができている。

ペルセポネー　なんの?

ドーラ　出て行く準備だよ。

ペルセポネー　どこから?

ドーラ　ここから出て行くんだ。あいつらがようやく私たちを解放してくれる。

ペルセポネー　ディンプナから出るの、私たちが?　それって素敵じゃない?

ドーラ　そうだよね。
ペルセポネー　風呂にする？　それとも私が？
ドーラ　たまには階段もいいかしら。

磨き掃除をする。

ペルセポネー　いつになるかしら。
ドーラ　いつ知らせが来てもおかしくないね。
ペルセポネー　ドーチェスター・ホテルかしら。
ドーラ　いや、もっと静かにやりたいね。スピーチとかも要らない。
ペルセポネー　そうね、何も言うことなんてないもの。
ドーラ　ないよ。公営住宅を用意してくれているんだ。別々でもいいし、一緒でもいい。あんたが好きな方で。
ペルセポネー　そりゃ、一緒がいいわ、あなたがそれでいいなら。私たち何を着るのかしら。
ドーラ　白じゃなきゃね。そう思わない？

ペルセポネー　そうね。サテンとレース、それから光沢のあるカリコにバターモスリンのヴェール。
ドーラ　それからものすごく長い手袋。食事もするんだ。
ペルセポネー　シャンパンと牡蠣は？
ドーラ　いや、紅茶とバッテンバーグ・ケーキだな。

磨き掃除を終える。

ペルセポネー　面倒だからそこまでできるかわからないわ。
ドーラ　そうだね。まだここにいた方がいいかもしれない。
ペルセポネー　そうね。外は雨が降ってるみたいだし。また別の日でもいいわ。（間）
ドーラ　いや、出た方がいいよ。だって、いま出なきゃ一生出られないんじゃないかな。
ペルセポネー　あなた、正しいわ。

出る準備を始める。

ドーラ　一つ提案があるんだけど。
ペルセポネー　なあに？
ドーラ　ペルセポネーって言いにくいんだ。ポルフって呼んでいいかな。次のところでは。
ペルセポネー　よくってよ。それじゃ、私はあなたをドルフって呼ぶわね。
ドーラ　まっさらな人間になるんだ。
ペルセポネー　なんだってできるわよね。
ドーラ　鉢植えの植物を育ててもいいし、とくに目的もなく好きに生きられる。
ペルセポネー　それからとってもいい音楽を聴くの。
ドーラ　ワクワクするわ。
ペルセポネー　本当に。

不確かな感じで立っている。

ドルフ　ポルフ、用意はいいかい？
ポルフ　ドルフ、飛び込むわよ。

ドルフ　よし。
さあ、行こう。

二人は手をつないでいる。

宙を搔いて泳いでいる。

昔よりずっと年老いて動きは遅いが、二人は同じエアスイミングのルーチンを繰り返す。

照明が暗くなる。

◉持ち物リスト

◉照明

[訳注]

▼01——「ポリアンナ」は、楽観的すぎる者に苦言を呈するために用いられる固有名詞。エリナー・ポーターの『ポリアンナ』(一九一三)の小説の明るく、ポジティブな主人公が言葉の由来。日本でも『愛少女ポリアンナ物語』というテレビアニメが一九八六年に放映された。

▼02——頭皮を切開して頭蓋骨に穴を開けて意識を覚醒させる手術。民間療法の一種で、中世から近代ヨーロッパにおいて頭痛や精神病の治療と称して行われた。

▼03——ここではTrepanning(穿頭術)をBedpanning(尿瓶)と勘違いするペルセポネーの言葉として訳出するので、「穿尿術」とした。

▼04——Hornyという言葉は通常、性的魅力のある人を表すのに用いられるが、ここでは、「ツノ」(horn)と性的にアグレッシブ(ramの攻撃性)を掛け合わせた意味として解釈できる。

▼05——ハンナ・スネル(Hannah Snell 一七二三‐九二)は男装し、性別を偽って海軍兵士となり戦場で戦ったイングランド女性である。

▼06——teaは紅茶という意味以外に、イギリスでは夕方軽い食事を食べることを意味する。とりわけ

労働者階級の間で用いられる表現。

▼07――『ユディト記』によれば、ユディトはホロフェルネスというアッシリアの将軍の元に赴き首を切るという話になっている。ホロフェルネスはユディトとともに、チョーサーの『カンタベリー物語』やダンテの『神曲』に登場する。ここで言及されているJudithは、バーベンベルク家のハインリヒ・フォン・シュヴァインフルトの娘ユディトである可能性もある。

▼08――マリア・レオンチエヴナ・ボチカリョーワ(Мария Леонтьевна Бочкарева 一八八九－一九二〇)は第一次世界大戦を戦ったロシアの女性軍人で、「婦人決死隊」を組織した。

▼09――原作では「クランペット」(crumpet)。クランペットとは、小麦粉と酵母で作る(塩味のまたは甘い)軽食パン。

▼10――イギリスでは、一四七一番にかけると最後にかけてきた相手の電話番号がわかる。

▼11――婚外妊娠で生まれた子供だから"bastard"という言葉(私生児)が用いられているが、ここではもう一つの意味「ろくでなし」として訳出した。

▼12――ケーリー・グラント(一九〇四－八六)はイギリス出身の俳優で、『赤ちゃん教育』(ハワード・ホークス監督)や『北北西に進路を取れ』(アルフレッド・ヒッチコック監督)などの映画に出演。デビー・レイノルズ(一九三二－二〇一六)はアメリカ出身の女優・歌手。『雨に唄えば』(Singin' in the Rain)などに出演。

▼13――ロイヤル・フュージリアー部隊(Royal Fusilier)は一六八五年に創立された第七歩兵連隊のこと。のちに、ロンドン連隊あるいはロンドン・シティー連隊と呼ばれるようになる。

▼14——フラッパーズとは、一九二〇年代に欧米で流行したファッション、生活スタイルを好んだ「新しい」若い女性を指すスラング。

▼15——ゴールデン・ジュビリーは君主の治世五十周年を記念してそう呼ぶ。ヴィクトリア女王は一八八七年六月二十日に即位五十周年を迎えた。

訳者解題

『エアスイミング』――女性の〈サバイバル〉を語り直す

本書は、Charlotte Jones, *Airswimming*, samuelfrench, 2016 の全訳である。

イギリス人劇作家シャーロット・ジョーンズ（Charlotte Jones 一九六八－）は、本戯曲『エアスイミング』（一九九七）の他に、『ハンブルボーイ』(*Humble Boy* 二〇〇一)、『焔の中で』(*In Flame* 一九九九)、『マーサとジョウジーと中国人のエルヴィス』(*Martha, Josie and the Chinese Elvis* 一九九八）など、いくつもの作品を手がけているが、いずれもまだ日本語に翻訳出版されていない。二作目の『ハンブルボーイ』は英国やその他の国でも評価が高く、ジョン・ケアードが演出し、批評家協会演劇賞も受賞している。二〇〇四年には、日本でも井ノ原快彦・夏木マリ主演（東京・グローブ座、大阪年金会館）で上演されているほどのこの作品でさえ、まだ翻訳は刊行されていない。『ハンブルボーイ』は、将来を嘱望されながらも、神経症に苦しみ、自殺まで考えるようになる学者ハンブルが、父の死をきっかけとして母と再会し、互いに傷つけ合いながら人生の意味を考えるようになるという物語である。[▼01]

ジョーンズの処女作『エアスイミング』は、『ハンブルボーイ』の主題でもある「痛み」や「苦しみ」がより強烈な形で表現されている。初公演は一九九七年で、ロンドンのバタシー・アーツ・センターであった（アンナ・マックミン監督、ロージー・カヴァリエロ、スカーレット・マックミン主演）。同作品は、二〇一三年にアメリカのフォールン・エンジェル劇場(アイリッシュ・レパートリー劇場との共同)でも上演されている。

『エアスイミング』は、一九二〇年代に精神病院に収容された女性二人の不撓不屈の物語で、一人は上流階級育ちで二十一歳のペルセポネー・ベイカーで、もう一人は二年早くこの病院に入っているドーラ・キットソンである。二人とも婚外子をもうけたことを理由に、また、後者は過度に男性的であると判断され、「精神異常者」として強制的に施設に入れられてしまう。家族にも忘れ去られ、体制による理不尽な拘束にドーラとペルセポネーは悲嘆にくれながらも、互いに想像力を駆使し、励まし合い、笑わせ合い、生きながらえる術を身につけていく。

本書は、イギリスやアメリカで人気を博した戯曲としてのみでなく、学術的観点からも大いに注目すべき点がある。ミシェル・フーコー(Michel Foucault 一九二六－八四)による『監獄の誕生――監視と処罰』(*Discipline and Punish: The Birth of the Prison* 一九七五)は、身体の徹底的な管理と恒常的な拘束を可能とする権力を主題としている。『エアスイミング』では、その拘束される対象を、十九世紀に周縁化された女性たちに絞って描いており、社会学的、歴史学的な観点から極めて重要な意味をもつ。近代黎明期のイギリス社会では、医療が普及すると同時に、病いや痛みのケアが文学作品の主題となり、「痛む者」「苦しむ者」と医師や家族などの「看る者」との間のオラリティが力強く展開した。ところが、十九世紀半ば以降、医学が専門化、組織化されるに従って、「患者」のオラリティが取り残されるようになる。

日本ではあまり知られていない言葉だが、「アウトリーチ」(outreach)は、すでに欧米社会ではさまざまな活動として広がっている。この言葉は、「手を伸ばすこと、届こうとすること」や「(より広範な地域社会などへの)至れりつくせりの奉仕〔福祉、救済〕活動」といった意味で用いられている(『ランダムハウス英和大辞典』より)。科学研究の文脈では、研究成果公開活動と理解されていることが多い。もちろん奉仕活動や学術研究の成果発表の一環としての《アウトリーチ活動》は重要だが、歴史的には、アメリカの公民権運動など社会的に不利益を被っている人たちのために行われた事実を踏まえると、その根本には《不利益を被る人々のための活動》という特定の意味も含意されなければならない。つまり、不平等が生じている状況を打開するためのアウトリーチであって、困っている人を「助けてあげる」という上から目線の活動であってはならないということだ。

社会から周縁化された人々には障壁がある。「out-reach」も、なんらかしらの手段を講じてその障壁を乗り越えようとする行為と見なすことができる。マイノリティたちの不利益を克服しようとした代表例といえば、一九六〇年代アメリカ社会における公立図書館のアウトリーチ活動であろう。都市の中心部に黒人たちが居住するようになると、それまで図書館の施設、サービス、資料にアクセスできなかった彼らの不利益に対処する活動を「アウトリーチ・プログラム」という言葉で包括するようになった。[▼02] 白人コミュニティから「隔離」された黒人たちが十分な設備や資料が整った図書館に出入りできなかった時代である。一朝一夕に問題が解決したわけではなく、「アウトリーチ」というフレーズで捉えなおされた活動が少しずつ広がっていき、次第に社会が変わっていった。

ジェンダー格差による不利益の克服についても同じことがいえよう。現に、男女差別が歴史的に存在した(あるいはいまだに存在する)という認識をアウトリーチ活動によって広めることが肝要であると考える研究者は多い。アウトリーチ先進国のイギリスでは、たとえば学術的な発見をもとにした演劇が書かれて上演されている。その一つの試みはすでにウォーリック大学のノーウッド・アンドリューズ教授と「医学史センター」が中心となって演劇の上演という形で遂行されている。その成果として、一八四九年に最後に絞首刑にあった女性メアリ・ボールについて書かれた『最後の女』が上演された。[03]

訳者も「アウトリーチ」の一環としてこの翻訳に着手した。また、本戯曲は二〇一八年十二月二十日から十二月二十三日の期間、東京四ツ谷の絵本塾ホールにて日本初公演が予定されているのも大きな励みとなっている。二〇一七年にすでに上演の企画を進めていた関根愛氏に、本作の翻訳について打診された。その際、幻戯書房の編集者である中村健太郎氏に上演時期に合わせた翻訳刊行の実現に向けて協力を仰いだところ奇跡的に話が進んだという経緯がある。もちろん、関根氏とも中村氏とも、「アウトリーチ」の意義について十分話し合い、こうして刊行の日の目を見た。

また、『痛みと感情のイギリス史』の共編者で、「痛み」に関する先駆的な歴史研究を行ってきた伊東剛史氏と三年前に「痛みの研究会」を発足し、イギリスの歴史的な文書や文学にみいだすことのできる〈傷ついた経験〉がいかに語られてきたかについて、学際研究を進めてきたのも大きな推進力になった。

*

『エアスイミング』の登場人物ドーラはペルセポネーと一緒に病院を脱出できることを夢みながら日課の磨き掃除に耐えるのだが、やがて世間に忘却されてしまう。それでも二人は対話を通じて虚構世界を育み、なんとか生き延びようとする。魅せ場はいくつもあるが、ドーラが歴史に名を残した勇敢な女性たちを心から敬愛するあまり、つい本筋から脱線し、彼女たちの物語を熱く語り出す場面もそのひとつであろう。男らしい闘いを人生訓とするドーラとは対照的に、ペルセポネーは陽気で健気な役柄で知られる女優ドリス・デイに入れ込んでいる。この二人の奇想天外で豊かな発想がコミカルに描かれているのだ。

『エアスイミング』は、何層にも重ねられた「謎」に観客を誘い込みながら、ペルセポネーとドーラが登場する幕、ポルフとドルフが登場する幕が交互に編み込まれた構成になっている。複数の解釈があるため、あくまでこれは私見であるが、前者は〈現実〉、後者は〈虚構〉を体現する。観客は、時間と空間、現実と虚構といった境界域を超越するような不思議な感覚に包まれていくのである。現実と虚構が判別つかない状況でも、四人の登場人物が発する言葉は意外にも真実性を帯びてくるのである。時間軸も複雑怪奇となり、ますます謎は深まっていく。

ペルセポネーやドーラの過去の記憶の不確かさなどが、まさに宙《エア》に浮いたまま漂い、それでも、観客は彼女らの圧倒的な愁訴の声に惹きつけられるのである。その宙に浮いた感じが、ジョーンズがタイトル“air-swimming”に込めた意味のひとつであるかもしれない。

監禁される女の物語

ジョーンズがこの戯曲に忍ばせた政治的、戦略的意図は深遠である。というのも、この物語は「『触法精神障害者』として精神病院に収監され、家族にも忘れられてしまう女性二人の実話に基づいている」と明言されているからである。五十年以上監禁されていた「ルーシー・ベイカー」というイギリス女性の史実に基づいた物語であるというのは確かだが、「実話」というのは、ペルセポネーやドーラのように、今ではおよそ考えられない理由で施設に入れられてしまった女性たちが多く存在した史実を反映することも示唆する。歴史を遡れば、ストレス、産褥《さんじょく》期うつ病などを理由に女性が精神病院に収容されるケースは後を絶たなかった。精神障害者に対する〈スティグマ〉はイギリスでは十九世紀中期以降広がっており、その偏見は今日まだ根絶していない。

社会性を逸脱する者への〈医学的治療〉が強調されるようになったのは十九世紀から二十世紀初頭である。オスカー・ワイルド（Oscar Wilde 一八五四－一九〇〇）の同性愛をめぐる裁判にも影響を及ぼした「グラッドストーン委員会」刊行の報告書（一八九五）は法的効力を持ち、そこには性的異常を含む精神病（エロトマニアなど）に関する条項が記載されている。[04] 一九〇七年には、エイルズベリー女子刑務所がイギリスで初めて「精神薄弱者」を隔離して収監した。[05] つまり、当時の精神病患者というのは「犯罪者」と「患者」のいずれのカテゴリーにも属しうる両義的な存在であったということだ。

『エアスイミング』では、ジェンダー規範を逸脱するキャラクターとしてドーラ・キットソンが登場するが、だからといって彼女は否定的に描かれてはいない。ペルセポネーも自分のことを「精神薄弱者」と形容するが、あからさまな狂気の徴候は見られない。多少疑いの目を向けるとすれば、ペルセポネーが電動泡立て器を何の脈絡もなくドーラにプレゼントする場面くらいだろうか。だが、この贈り物も彼女なりの謝意の表われである。この二人は「聖ディンプナ精神病院」という場所に監禁されているが、状況から察するに〈病院〉なのか〈刑務所〉なのか曖昧である。その曖昧さが、まさにジョーンズがわれわれに投げかける問いであるのかもしれない。

こういう施設の典型例として、ロンドンにあるホロウェイ女子刑務所が挙げられるだろう。ペルセポネーのモデルにもなった女性ルーシー・ベイカーが収監されていたのは南ヨークシャーにある「セント・キャサリン病院」だといわれているが、ムーアとスクラトンによれば、ホロウェイ女子刑務所は、まさに女性監禁をめぐる近代史を凝縮したような場所なのである。[06] 北ロンドンに位置するこの施設は一八五二年に男性、女性、児童たち対象の更生施設としてスタートしたが、一九〇二年には女性専用の施設となり、売春や酩酊といった理由で収容された女性が三分の二を占めた。『エアスイミング』は、理不尽な理由で施設に収監され、悲惨な状況に追い込まれた女性たちが自分の〈声〉をもち、語り始めるいわば実話の集合体ともいえる。「精神薄弱者」というレッテルを貼られた女性たちが、自分たちの尊厳を守る知恵として想像力に頼るのである。[07]

この作品には、無数の「謎」が散りばめられている。ペルセポネーとポルフ、ドーラとドルフがそれぞれ対応関係にある不思議な役割設定もまた「謎」の一つである。しかし、ポルフとドルフがそれぞれペルセポネーとドーラの「豊かな想像力」によって生み出されたフィクションであるとするなら、病院に閉じ込められる五十年ほどの時間的流れに沿って話が展開するはずである。しかし、ポルフとドルフの会話には、矛盾が生じる情報が紛れ込んでおり(たとえば、比較的早い時期に「ドリス・デイ」が言及されている)、これまた謎めいた物語であると感じるのである。

たしかなことは、これは周縁化されてきた女性の生き残りをかけた物語であるということだ。そして、女性のサバイバル物語の系譜は十八世紀末にまで遡ることができる。サバイバル、つまり「自己保存」

(self-preservation)という概念は、そもそも、近代の産物である。『セクシュアル・ヴィジョン——近代医科学におけるジェンダー図像学』の著者ルドミラ・ジョーダノーヴァは、自己保存の思想が十八世紀末の思想に顕著にみられるようになったと主張する。▼08『自然の法則』(一七九二)において、ヴォルネーは「神の意志」より人間の「生存」を最優先とする思想を提唱した。十八世紀以前は「神を讃え、崇拝するための道具」として捉えられていた「人間の身体」は、「個々人が責任をもって運用しなければならない最も基本的な財産」になったとヴォルネーは述べている(Jordanova 139)。少し遅れて一七九六年に英語の翻訳がでたイギリスでも、『自然の法則』は知識人の間で——とりわけ女性作家の作品に——大きな影響を及ぼした。

メアリ・ウルストンクラフト(Mary Wollstonecraft 一七五九–九七)の『女性の権利の擁護』(一七九二)にこの思想が強く打ち出されている。ヴォルネーの「よい行いや美徳とは身体を保護することであり、悪い行いとは自らの存在が脅かされることである」(Volney 55)という一節こそ、彼女のフェミニズムに透徹する思想を代弁している。

このような自己保存の思想のフィクション化が、ウルストンクラフトの未完の小説『女性の虐待』(*Maria: or, The Wrongs of Woman* 一七九八)である。主人公マライアと彼女を助けようとするジェマイマは典型的なサバイバーなのである。マライアは、自己中心的な夫ヴェナブルズ氏の暴虐に耐えるも、彼女を売春婦のように友人に売り渡そうとする夫に嫌悪感を感じ、家出する。ところがヴェナブルズに追跡され、精神病院に幽閉されてしまうのだ。監禁状態にあっても、同じ病院に幽閉されているダーンフォードという男性と愛を育んでいくマライアには「自由恋愛」の幸福が、短い間だが訪れる。夫が妻を所有するという法律よりも、身の安全と、個人の幸せを追い求めるマライアの生き方には、近代的な精神が貫かれている。

著名な風刺画家ウィリアム・ホガースの『放蕩一代記』(*A Rake's Progress* 一七三二－三三)という架空の人物の半生を描いた有名な連作がある。このトム・レイクウェルは賭博でギャンブルに興じて財産を失い、最後には精神を病んでベツレヘム精神病院に収容される。堕落の末に狂人と化すトムとウルストンクラフトのヒロインであるマライアを比較すれば、健全で知性に溢れる後者が夫の画策により精神病院に入れられてしまう不条理が浮き彫りになるだろう。マライアの看守であるジェマイマもまた男性による虐待に遭い、売春婦などを経て看守という仕事に就いていた。この二人には、伝統的に期待される女性の貞淑さや信仰心ではなく、どのような手段を用いても「身の安全」を確保しようとする逞しさが付与されている。売春婦の〈不道徳性〉とヒロインの〈高潔さ〉の間にあるべき従来の境界線は意図的に排除され、女性はよりリアルに、人間的に描かれている。

『エアスイミング』に登場するペルセポネーも、決して高潔なヒロインではない。彼女はレジナルド(レジー)という妻帯者と恋に落ち、私生児を産み、強制入院させられるのである。十八世紀末にもよく似た物語が存在したとすれば、ペルセポネーの物語はある普遍性をもつ。それでは、ジョーンズがなぜこの戯曲をあえて一九二〇年代を起点とする物語としたのであろうか。

『エアスイミング』とモダニズム

イギリスに文化的、社会的な変革をもたらした十九世紀初頭のモダニズム運動は、シャーロット・

ジョーンズにとって特別な意味をもっていたにちがいない。今日のイギリスというのは、メイ首相をはじめ多くの女性たちが政界で活躍する印象だが、参政権運動で女性らが差別を克服し、その権利を獲得したのは今からわずか百年前の一九一八年である(三十歳以上)。男女(二十一歳以上)に等しく選挙権が認められたのはその十年後の一九二八年である。

この時代の代表的な女性作家ヴァージニア・ウルフ(Virginia Woolf 一八八二―一九四一)も、『自分ひとりの部屋』(*A Room of One's Own* 一九二九)で、女性が男性ほど社会的な条件に恵まれてこなかった事実をルネサンス時代にまで遡って論じており、女性の窮状を歴史的に語る手法は、ジョーンズも戯曲に採り入れている。ウルフは、「狂女」「精神病患者」「魔女」がジェンダー規範を逸脱する女性に刻印されるスティグマとして用いられたことを強調する。文学の才能に恵まれたウルフ自身、重度のうつ病に悩み、最後に自ら命を絶つほどに苦しんだ女性のうちのひとりであったことと無関係ではないだろう。

ウルフは、シェイクスピアに「ジュディス」という才能を備えた妹がいたとしたらどのような人生を送ったであろうか、という仮説を立てている。十六世紀の女性がもし詩人の天分を持って生まれ、その野心を追求していたら、狂気に走るか、〈魔女〉として迫害されるか、あるいは自殺していただろうと、ウルフは主張する。十九世紀には、文筆業で生計を立てることのできる才能ある女性が増えたが、彼女たちが文学的名声を得るための環境に恵まれていたとはいえない。ウルフは、英文学の金字塔でもある『自負と偏見』の作者ジェイン・オースティンや『ジェイン・エア』の作者シャーロット・ブロンテでさえ、さまざまな障害を克服して小説を書いた現実を微に入り細を穿つよう描写している。

女性の自立に難色を示す社会の認識こそ、ウルフが言葉の力で変えようとしたものである。『エアスイミング』の台詞にウルフへの言及があるわけではないが、彼女が生きたモダニズム期に、旧弊な価値観が塗り替えられようとしていたことは注目に値する。また、「ドーラ」という名前をウルフの交友関係に関連づけて考えてみると、面白い解釈もできる。

ウルフは、ジークムント・フロイト(Sigmund Freud 一八五六－一九三九)の友人であり、ユダヤ人として迫害された彼がイギリスに亡命した際も、陰ながら支えた人物である。ウルフが夫とともに経営していたホガース・プレスからはフロイト全集が出版されている。もちろん、ウルフの「意識の流れ」とフロイトの「深層心理」の考え方はどこか共鳴し合い、同じ思想の潮流のなかにあったように思われるが、二人がセクシュアリティやジェンダーの問題について理解し合うことができたかといえば、そうではなかっただろう。

興味深いのは、フロイトの女性患者の一人の名前が「ドーラ」であったことだ。『エアスイミング』において、この「ドーラ」という名前は象徴的な意味をもつ。フロイトは、ドーラの社会的環境を考慮することなく、彼女のヒステリーの症状は自慰的幻想、父親への近親相姦的欲望、バイセクシュアルな願望から生じているという解釈に固執した。ドーラは彼の強引な解釈を否定し、最後には分析を途中でやめてしまうという形で反発する。フロイトはあまりに性急に自分の解釈をドーラに押しつけようとした結果、彼女の信頼を失ってしまったのだ。[09]

フロイトがドーラにつけた「ヒステリー患者」というレッテルは、『エアスイミング』ではドーラ・キットソンに用いられる「魔女」というレッテルと響きあう。女性に与えられた役割を逸脱しようとした女性は長い歴史のなかで〈魔女〉として迫害されてきた。医療現場にいる男性医師が「精神障害者」と診断した女性たちの多くは、ドーラ同様、あるいはウルストンクラフトのマライア同様、必ずしも精神に障害をきたしているわけではなかった。

『エアスイミング』のドーラは、ジェンダー規範におさまりきらないキャラクターとして登場する。彼女はつねに、強靭な精神を誇り、また勇敢な生き方を選んだ女性を讃えている。ドーラは、決して権力に屈しなかったジャンヌ・ダルクやその他の勇敢な女性たちの物語をペルセポネーに語って聞かせている。社会から隔絶された二人が、その窮状を生き延びるために拠りどころとする物語である。

ドーラはまた、男に伍する策士ユディト(Judith)の武勇伝を例に挙げながら、ペルセポネーに精神病院からの脱走計画を持ちかけ、励まそうとする。『ユディト記』によれば、ユディトは女性でありながら、敵陣にいるホロフェルネス将軍の元に赴き、首を切ったという。ホロフェルネスはユディトとともに、チョーサーの『カンタベリー物語』やダンテの『神曲』にも登場する伝説の女性であり、ウルフがシェイクスピアの架空の妹に付けた名前も同じ「ジュディス」(Judith)であったのは興味深い。

二十世紀初頭というのは、女性が貞淑であらねばならない、あるいは、少しでも性規範を逸脱しようものなら咎められる、そういう時代であった。ところが、世間に「魔女」と評されるドーラは、この作品ではペルセポネーを精神的解放に導く頼もしい存在である。さらに、ヘテロセクシャルな規範からも自由な彼女のクイアなアイデンティティは肯定されている。ペルセポネーの英雄がかつての恋人レジーだとすれば、ドーラにとっての英雄は男性ではなく、女性なのだ。ドーラが憧れる対象は、第一次世界大戦で戦ったロシアの「婦人決死隊」を組織したマリア・レオンチエヴナ・ボチカリョーワ(Мария Леонтьевна Бочкарева 一八八九－一九二〇)という女性軍人である。ボチカリョーワは二千人もの優れた義勇団を結成して「婦人決死隊」という名前をつけた。

以上のように、ジョーンズは、ドーラの語りを通して過去の勇敢な女性たちを甦らせている。ジャンヌ・ダルク、ユディト、ボチカリョーワのような豪傑女たちがいかに生き延び《サバイブ》たかという武勇伝が『エアスイミング』の物語の底流となっているのだ。

近代の勃興――「異常」と「正常」のあいだ

そもそも「精神異常」という概念が医学の学問領域で扱われるようになったのはいつ頃だろうか。ロバート・バートン(Robert Burton 一五七七－一六四〇)が古今の「憂鬱」に関する記述を渉猟して著した『憂鬱の解剖』は十七世紀にすでに刊行されていたが、憂鬱、あるいは鬱状態が脳神経を中心とした身体、つまり医学の介入が可能で具体的な治療が必要な病いとして理解されたのは十八世紀以降である。理性の喪失が人間性の喪失を意味した時代を経て、近代精神医学の誕生と共に「狂気を病気と捉える考え方」が生まれた。フランスでは、フィリップ・ピネル(Philippe Pinel 一七四五－一八二六)が閉じ込められていた女性たちを徐々に解放し、人道主義的態度で治療しはじめていた。▼10
〈精神〉と〈身体〉という二元論がデイヴィッド・ハートリー(David Hartley 一七〇五－五七)やロバート・ウィット(Robert Whytt 一七一四－六六)らの神経医学によって疑問に付されるようになったのは十八世紀中期である。こうした神経医学は、人間と動物、あるいは理性と非理性との境界線を不明瞭にした。理性の存在により確信を抱いていたデカルトの時代とは異なり、肉体的欲求や喜怒哀楽の感情から独立した構造として人間の〈精神〉を捉えることができなくなったからだ。

トマス・アーノルドは、さまざまな外的要因や感受性の作用によって誤った認識、つまり「誤認」が生じる状況を解明することで、精神異常の条件を示した。彼は、『精神病、精神異常、狂気の性質、種類、原因、予防に関する考察』(一七八二)という著書で、実際に存在しない人や物を誤って知覚、想像してしまうタイプを「理想志向的狂気」(Ideal insanity)と呼び、知覚、想像する人や物が実際に外界に「存在する」けれども、その観念が事実から乖離しているタイプを「観念志向的狂気」(Notional insanity)と呼んだ。

後者の種類の狂気について、アーノルドは「患者の誤った観念(notion)は感情のまやかしというよりむしろ空想、想像力(fancy)によって誘引され、事実との矛盾を引き起こす」と述べている。[11] OEDによると、fancyは「心に思い描く、あることを知覚(認識)していると思い込む」、「想像豊かに思い描く」、「証明できない事象について信じる」と定義され、根拠がない空想や思い込みを指す。空想や想像力は「狂気」なのか、あるいは、単なる「誤認」なのか。「道徳的で理性的な、しかも分別も活力もある人間が、精神に異常をきたすことはあり得る」[12]と述べたのはサミュエル・テイラー・コウルリッジ(Samuel Taylor Coleridge 一七七二―一八三四)だが、この考え方はすでにアーノルドの考察を反映していた。

『エアスイミング』の世界は、まさに「ポスト・アーノルド」の認識を共有している。つまり、精神の「異常」と「正常」の境目の見極めが難しくなる時代において正常な人間が誤って「異常」と判断されうる世界である。たしかに、ペルセポネーは恐ろしい「男」に追いかけ回されたと思い込んでいる。それ自体は狂気とも解釈されうる。しかし、それが根拠に基づかない空想(あるいは妄想)であるとドーラに指摘されるや否や、ペルセポネーは現実に戻ることができるのだ。この戯曲がおそらく意図的に現実世界の輪郭をゆるやかにしているのは、ペルセポネーの空想癖が、精神病院の「監禁」「孤独」が引き起こした現象でもありうることを示唆するためであろう。監禁という極限の状態に追い込まれた女性二人が実際に狂ってしまわないように「正常」な対話を図ろうとする挑戦が戯曲の見どころなのである。

ヴィクトリア時代の精神医療に多大な影響を及ぼした近代の思想家ヨーハン・ラヴァーター（Johann Caspar Lavater 一七四一－一八〇一）にも言及しておくべきであろう。アーノルドの著書が刊行されて十年後、アレキサンダー・クライトンの『精神錯乱の性質と起源の省察』（一七九八）が出版された。クライトンの理論はフランツ・ヨーゼフ・ガルやヨーハン・ガスパール・シュプルツハイム（Johann Gaspard Spurzheim 一七七六－一八三二）の臓器学をベースとした有機理論と立場を同じくしており、人格形成や精神病を神経器官や臓器や感受性との関係性において説明している。

クライトン同様、ラヴァーターも精神異常か否かを見分ける基準として、精神と身体との一元論的な関係が人格の鍵であるという考えを提唱した。[13] 彼は、顔の表情の解読、つまり観相学こそが、精神に関する真理にたどり着く最も直截的な方法であると信じて疑わなかった。

このような疑似科学は十九世紀中期になって廃れるどころか、その勢いを強めていく。不幸にも、ピネルのような人道主義的な目的ではなく、女性を閉じ込めておく手段としてこのような科学が用いられた。従来の観相学に取って代わり写真に映る人相の解釈が流行し、サリー州立精神病院のヒュー・ダイアモンド医師（Hugh Welch Diamond 一八〇九－八六）を筆頭に、女性患者の写真を用いて身体（顔）の特徴から精神異常者かどうか見極めようとした。[14] 産褥期うつ病など、今では考えられないような理由で女性が精神病院に収容されるケースが後を絶たなかった時代である。精神障害者に対する〈スティグマ〉がイギリス社会において浸透していった背景には、このような写真の利用があったことを理解する必要があるだろう。

それでは、ジョーンズが戯曲を手がけた一九九〇年代はどういう時代だったのか。奇しくも、精神と身体との一元論的な関係を模索し、古風なやり方で身体に介入しようとする人々が現れた。それが、頭蓋骨穴開け手術「トレパネーション」、あるいは穿頭術である。『エアスイミング』において、ドーラが深い関心を寄せている「穿頭術」(trepanning)は、実は古代エジプト、インカ、その他の地域でも古くからあったものであるが、それが一九九〇年代にリバイバルするのである。

この手術を体験した人を取材したケヴィン・ソリング監督(Cevin Daniel Soling 一九六六－)によるドキュメンタリー映画『ア・ホール・イン・ザ・ヘッド』(一九九八)がある。この作品には、一九六〇年代に穿頭術を復活させたバート・フーゲスの貴重なインタビューも収録されている。穿頭術は、頭蓋骨に穴を開けることによって脳内血流量の増大と脳機能の活性化がなされ、子供時代のような活発な脳の拍動を取り戻すことができるとも考えられている。近似現象ともいえるのが、日本でトレパネーションを扱った漫画が人気を集めたことである。山本英夫の『ホムンクルス』という漫画が二〇〇三年から二〇一一年にかけて『週刊ビッグコミックスピリッツ』で連載された。この作品では、ホームレスの名越進が医学生の伊藤学に出会い、第六感が芽生える効果を期待して穿頭術を受けることになる。

このような背景を踏まえると、戯曲のなかでドーラが「小さな幸福」を求めてこの奇異な手術を試みようとするとき、長年、施設に監禁されながらも虚勢を張って生きてきた弱者の苦悶のようにも聞こえる。「トレパネーション」への言及が、同時代の風潮を鋭く捉えた、趣向を凝らした演出であることがわかる。

むすび――「ペルセポネー神話」の寓話

フーコーは、「絶対的な真理」を否定した。それは、真理と称される用語や理念が社会に遍在する権力の構造のなかで形成されてきたものであると考えたからだ。社会には権力構造が存在し、「正常」とされる一部の人間が自分たちの価値を中心的価値であるとみなし、それとは相容れない人間を「異常」とみなし不当に抑えつける。精神病院にも、監獄にも同じ権力構造の仕組みが存在し、「異常」と診断された女性は次々に収監され、統制下におかれた。

精神分析もまた医療実践の一端を担った。この枠組みに当てはめて考えると、『エアスイミング』の「ドーラ」はフロイトのヒステリー患者を彷彿とさせる。ウルフにとってのジュディスも、ジョーンズにとってのユディトも、その名前が別の意味(英雄、才能、知性)と共鳴し、従順で無知な女性という性規範からの脱却、あるいは解放を肯定視しようとする明確な意図がそこにある。

それでは「ペルセポネー」はどうであろうか。ギリシア神話に登場するペルセポネーは冥界の神ハデスにさらわれ、「監禁」される。彼女を救い出すのは母親で豊穣の女神デメテルである。『エアスイミング』でもっとも皮肉なのは、ペルセポネー・ベイカーの母親は、思慮深さも愛情もない、ただ「なるようにしかならない」を繰り返す軽薄なキャラクターとして言及されている点であろう。家父長的な原理が支配する殺伐とした世界で、ペルセポネーは監禁されたまま、家族、ましてや母親による救助がない。母親像とはかけ離れた、性規範を逸脱するドーラがペルセポネーの救世主になる点において、真に現代に甦る「ペルセポネー」の寓話といえるのである。

『エアスイミング』は、まさに「弱者」や「患者」の立場からこのような愁訴の声を届けるための物語である。戯曲という性質からしても、観客、あるいは読者が、主観的な視点から「痛み」や「苦しみ」を共有することを可能にする「アウトリーチ」の試みになることを期待したい。本戯曲の翻訳がこのような活動を日本の人々に広く知ってもらうきっかけになってくれれば、と願う。

註

▼01——Charlotte Jones, *Humble Boy*, Queen Square : Faber and Faber, 2001

▼02——中山愛理「1960年代アメリカ公立図書館における人びとへのサービスの変革」、『大妻女子大学紀要—文系—』No.47 (2015), p.21

▼03——https://warwick.ac.uk/fac/arts/history/chm/research/lastwomen のサイトならびに、鈴木晃仁氏による「医学史のアウトリーチ」に関する下記ウェブサイト記事を参照。https://igakushitosyakai.jp/article/post-120/

▼04——*Sex Offenders: Identification, Risk Assessment, Treatment, and Legal Issues*, eds. Fabian M. Saleh M.D., Albert J. Grudzinskas,Joh M. Bradford M.D., Daniel J. Brodsky LL.B, (Oxford: Oxford University Press, 2009, pp.389-390

▼05——L. Moore & P. Scraton, *The Incarceration of Women: Punishing Bodies, Breaking Spirits*, Basingstoke: Palgrave Macmillan, 2014

▼06——ムーアとスクラトンの著書の第一章にホロウェイ女子刑務所に関しての詳細な記述がある。
L. Moore & P. Scraton, *op. cit.*, pp.12-14

▼07——Review by Rachel Sheridan, Charlotte Jones, "The Courtyard Theatre Studio, Hoxton." http://www.britishtheatreguide.info/reviews/airswimming-rev

▼08——L.J.Jordanova, *Sexual Visions: Images of Gender in Science and Medicine Between the Eighteenth and Twentieth Centuries*, University of Wisconsin Press, 1993

▼09——Elaine Showalter, *The Female Malady: Women, Madness, and English Culture, 1830-1980*, New York: Pantheon Books, 1985, p.203

▼10——ウィリアム・バイナム『医学の歴史』鈴木晃仁・鈴木実佳訳、丸善出版、二〇一五、八三–八四頁

▼11——Thomas Arnold, *Observations on the Nature, Kinds, Causes, and Prevention of Insanity, Lunacy, or Madness.*, 2 vols. Vol.1., Leicester: London, 1782, p.173

▼12——Samuel Taylor Coleridge, "Letter to John J. Morgan", May 14, 1814, in Allan Ingram's *Patterns of Madness in the Eighteenth Century: A Reader.*, Liverpool UP, 1998, p.222

▼13——Johann Casper Lavater, *Essays on Physiognomy; for the Promotion of the Knowledge and Love of Mankind.*, Trans. Thomas Holcroft, London: G.G.J. & J.Robinson, 1789. 彼の『観相学断片』に収録された狂気のさまざまなケースはイラストで視覚的に分析されている。

▼14——Sharrona Pearl, *About Faces: Physiognomy in Nineteenth-Century Britain*, Cambridge, Mass.: Harvard University Press, 2010

［著者略歴］

シャーロット・ジョーンズ［Charlotte Jones］
1968年生まれ。劇作家・女優。本作『エアスイミング』（*Airswimming* 1997）、『マーサとジョウジーと中国人のエルヴィス』（*Martha, Josie and the Chinese Elvis* 1998）、『焔の中で』（*In Flame* 1999）、『ハンブルボーイ』（*Humble Boy* 2001）など、人間を不幸に追い込んでしまうような心身の痛み、苦しみ、そしてその愁訴の声を伝える手段としての言葉を大切にする作品を発表。なかでも『ハンブルボーイ』は英国やその他の国でも評価が高く、批評家協会演劇賞を受賞している。

［訳者略歴］

小川公代［おがわ・きみよ］
1972年生まれ。ケンブリッジ大学卒業。グラスゴー大学にて博士号（文学）取得。現在、上智大学外国語学部英語学科准教授。専門はイギリスロマン主義文学。論文に、「『高慢と偏見』にみる感受性——錯誤と精神医学言説」（『イギリス・ロマン派研究』37 号、2013）、“ ‘Roaming fancy’ and Imagination: Gothic Force in Austen’s *Northanger Abbey* and Keats’s *Isabella*” （*Studies in English Literature*, 57、2016）など。共編著に、『文学とアダプテーション——ヨーロッパ文化の変容』（春風社、2017）、共著に、『オースティン研究の今』（彩流社、2017）などがある。

エアスイミング

二〇一九年一月十一日　第一刷発行

著　者　シャーロット・ジョーンズ
訳　者　小川公代
発行者　田尻　勉
発行所　幻戯書房
郵便番号一〇一―〇〇五二
東京都千代田区神田小川町三―十二
岩崎ビル二階
電　話　〇三（五二八三）三九三四
FAX　〇三（五二八三）三九三五
URL　http://www.genki-shobou.co.jp/

印刷・製本　美研プリンティング

ISBN978-4-86488-163-0　C0074